As crônicas de Fiorella

As crônicas de Fiorella

Vanessa Martinelli
Ilustrações **Carla Irusta**

1ª edição

Copyright © Vanessa Martinelli, 2015

Gerente editorial executivo: ROGÉRIO CARLOS GASTALDO DE OLIVEIRA
Editor: RICHARD SANCHES
Coordenação editorial: TODOTIPO EDITORIAL
Preparação de texto: CLÁUDIA CANTARIN
Assistentes editoriais: ANDRÉA DER BEDROSIAN E FLÁVIA ZAMBON
Auxiliares editoriais: GABRIELA DAMICO E PATRÍCIA PELLISON
Produtor editorial: ELCYR OLIVEIRA
Suplemento de atividades: SILVIA OBERG
Revisão: ANA LUIZA CANDIDO E GIOVANA BOMENTRE
Produtor gráfico: ROGÉRIO STRELCIUC
Projeto gráfico: PATRÍCIA PELLISON
Impressão e acabamento: A.R. Fernandez

Dados Internacionais de Catalogação na Publicação (CIP)

M335
1. ed.

Martinelli, Vanessa
As crônicas de Fiorella / Vanessa Martinelli ; ilustrado por Carla Irusta. 1. ed. – São Paulo : Saraiva, 2015.
112 p. il.;

ISBN 978-85-02-63479-4

1. Crônicas – brasileiras. 2. Literatura infantil. I. Irusta, Carla. II. Título.

CDD: 028.5

Índice para catálogo sistemático
1. Literatura infantojuvenil 028.5

Proibida a reprodução total ou parcial desta obra sem o consentimento por escrito da editora.

10ª tiragem, 2023

Saraiva Educação S.A.

Av. das Nações Unidas, 7.221
CEP 05425-902 – Pinheiros – São Paulo – SP
Tel: 4003-3061
www.coletivoleitor.com.br
atendimento@aticascipione.com.br

Todos os direitos reservados.

CAE: 571440
CL: 810263

*Que a vida me permita sempre agradecer e dedicar os dias àqueles que iluminam:
Deus, família, amigos.*

*Ao meu marido, aos meus pais e irmãos.
Obrigada por me aturarem.
À minha filha Luiza amada, obrigada por ser esse cupcake delicioso de chocolate belga com granulado colorido por cima. Você adoça os meus dias.
Para minha avó Paulina, continue orando que está dando certo.
Amo vocês. Muito. Verdade. Juro.
Aos leitores que me acompanham e tornam tudo possível. Obrigada por existirem!
Obrigada à equipe Saraiva pelo primeiro lugar (chocada até agora!) e pelo apoio total.*

De coração, obrigada, esse livro é para vocês.

SUMÁRIO

O ser adolescente 9
    Em busca dos tênis perdidos 10
    Navegar é preciso 13
    O dia em que virei pipoca 16
    Água mole em pedra dura não faz nada 20
    O mico dos aniversários 23
    Aprendiz de feiticeira 26
    Vou-me embora para a Disney 29
    Lá terei o personagem que quiser,
    na foto que escolherei 33
    A boa filha à casa torna 36
    O ser adolescente 38
Família, família 41
    Férias reais 42
    A vida como ela é, com um cachorro 45
    Adoro a minha vida, só que não 49
    O dia em que minha
    mãe arranjou um namorado 53
    O dia em que minha mãe quase casou 56
    Doce coincidência 61
    Filhos... filhos? Melhor não tê-los! 64
    Mas se não os temos, como sabê-lo? 67
    Família, família 70
Amigos, colegas e outras pragas 73
    Pimenta nos olhos dos outros é caipirinha 74
    Essa história de paixão 78
    Encontro que não é encontro 83

A menina dos olhos verdes 88
  Amigos, colegas e outras pragas..........................91
Quando eu crescer 95
  Ser ou não ser 96
  Batatinha quando nasce... 100
  Investindo na carreira 103
  Liberdade de expressão.......................................106
  Quando eu crescer 109

O ser adolescente

Em busca dos tênis perdidos

Praguejei mentalmente todos os palavrões que conheço. Não são muitos, admito, mas formam um bom repertório. Em voz inaudível, própria dos pensamentos, estavam todos lá, exacerbando minha frustração.

O que dizer quando tênis novinhos, último modelo, dourados com *spikes* reluzentes, caríssimos, que me renderam dias e dias de lamento e promessas calamitosas, simplesmente deixam de servir em um piscar de olhos?

Acredito que só os palavrões podem esvaziar a indignação que cresce no peito.

Meu pai diz isso.

Se você não sabe o que falar... diga um palavrão!

Se você está feliz... diga um palavrão!

Se você está triste... solte o leão que está trancado dentro de você!

Nem preciso mencionar que minha mãe não concorda com essa forma filosófica de ver as coisas. Agora meu pai fala os palavrões dele em outra casa. E os meus ficam dançando um tango com os neurônios.

Rastejei, me humilhei, prometi lavar toda a louça de casa até ficar velha e caquética por esse tênis. E o usei por uma semana. Uma semana! Um belo dia tentei enfiar meu pezão de mamute e o dedão ficou mais contorcido que minhoca em pote de maionese. Eca!

O fato é que nunca vou parar de crescer. Estou com treze anos, idade suficiente para ser uma mediana bonitinha. Em vez disso, tenho que conviver com apelidos vexatórios que relacionam meu tamanho ao de um animal. Devo ter puxado uma tia distante e enorme, só pode ser. Mencionei que ela deve ter também um cabelo medonho?

E agora caminho de um lado para o outro do quarto, pensando em como me livrar dessa situação. Cheguei a conclusões interessantes e criativas, não necessariamente inteligentes.

Poderia furar os tênis e assim lançar a nova moda do tênis-chinelo, algo único e exclusivo! Com certeza todos da minha sala começariam a furar seus sapatos também.

Não, claro que não.

Talvez eu devesse pendurá-los no pescoço; eles ficariam bem visíveis, e eu, menos apertada. Bom, preço de ouro eles têm, mas acho que o cheiro ficaria perigosamente perto do nariz. Se meus amigos resolvessem fazer o mesmo, teríamos casos de desmaios na sala.

Eu também posso surtar, fingir que sou a louca do tênis e assaltar a primeira loja que eu vir. Isso me tornaria popular, com cara de má, porém me condenaria a ficar trancada no quarto pelo resto da minha tediosa vida.

Posso customizar um dos tênis do meu irmão (ele usa dois tamanhos a mais, o que implicaria um andar de pato temporário). Se eu pintasse e bordasse, ficaria joia!

Se eu soubesse pintar e bordar.

É isso, não tem o que fazer a não ser prometer lavar também toda a roupa até eu estar velha e caquética. Vou respirar fundo, andar dignamente até a sala e chorar as pitangas no ouvido da minha mãe até ela me levar pela orelha ao *shopping*.

Respira, Fiorella, respira.

Pensa na cor azul (vi isso na aula de ioga da minha prima).

Visualiza sua mãe sorrindo e te dando um tênis novo.

Igual a esse, lindo, perfeito e cabendo direitinho nos seus pés.

Sinto minha mão suar.

Vejo a porta do quarto se abrir. Minha mãe entra, feliz e sorridente, carregando um par de tênis igual ao motivo de todo o meu sofrimento.

Não sabia que eu era tão boa nisso!

Vou virar vidente.

Médium Fiorella do pé 38.

– Filha, a Manu passou aqui em casa. Ela disse que vocês trocaram de tênis na aula de Educação Física. Guarda os dela e leva amanhã na escola?

Navegar é preciso

Acho que as mães são equipadas com um radar antirrede social.

A minha pelo menos é.

Começou quando fui apresentada a um desses mecanismos viciantes e descobri como as pessoas podem ser amargas e vingativas quando você não curte a foto que elas tiraram com cara de pamonha em frente ao espelho do banheiro.

Não estou falando de mim, óbvio.

Tudo ia bem até um amigo meu postar um texto falando sobre independência, a necessidade de os adolescentes seguirem seus instintos. Minha mãe o-d-i-o-u, imprimiu (eu que precisei imprimir para ela) e distribuiu na escola com um bilhete escrito *"persona non grata"*.

Foi horrível.

A partir daquele dia, ela criou uma conta com o nome de "Mãe Justiceira" e meu tormento começou. Ela monitora o que curti, o que compartilhei, quantas vezes acessei e que fotos postei. Reclama quando deixo de comentar a foto do gato da minha tia Genoveva e fica me marcando em tudo quanto é mensagem de autoajuda. Tentei mudar de conta, de nome, inventar que sou uma ginasta chinesa que mora em Paris...

Nada deu certo.

Como ela descobriu que era eu?

Pior é quando ela pede para eu apagar do meu perfil algum dado que considera inapropriado.

Qual é!

Eu realmente sou uma pessoa disponível e acessível.

No bom sentido, no bom sentido.

Inclusive, contabiliza quantas mensagens sobre amor materno eu posto. E me manda sugestões de *posts* para a semana.

Pode parecer que minha mãe é louca, mas acho que a histeria é coletiva.

A mãe da Flávia é igualzinha: fica pedindo que ela exclua os maus elementos em potencial do grupo de amigos virtuais. O Zé teve que ser excluído porque tem tatuagem, o Mathias porque tem cara de quem não toma banho, a Susana porque usa batom vermelho.

Quase uma caça às bruxas!

Tentei apelar para o meu pai, mas ele é daquele tipo que não chega perto do computador de jeito nenhum, nem para monitorar a filha.

De todo modo, é melhor que ele fique longe da internet.

Meu irmão também não foi muito útil, afinal o senhor "certinho pra caramba" não tem tempo para essas coisas vazias e sem sentido, costumeiramente conhecidas como vida social.

Ele provavelmente prefere ler o dicionário – mais uma vez.

Mas minha mãe não tem motivo para fazer isso, eu sou uma pessoa bacana. Um ser humano maravilhoso (por dentro), a filha que toda mãe queria ter (tá, a filha ideal não tira três no boletim).

Eu sou um amor.

Talvez devesse me tornar uma *punk* rebelde, pintar meu cabelo de roxo!

Não, ele ficaria ainda pior.

Para resumir, apaguei minha conta, abstraí as informações que tinha e me ative apenas a uma existência insípida e desanimada.

Ah, eu também comi um pote daqueles cremes de avelãs bem engordativos, que vai encher a minha cara de espinhas pelo resto da semana. Como minha mãe vive dizendo que esse tipo de comida é besteira, apelidei o tal creme proibido de Bestella. Tudo a ver. Assim, quando chantageio meu irmão para comprar Bestella no mercadinho da esquina, minha mãe acha que é nome de queijo francês. E queijo pode.

Minha total ausência de interação social ia bem, até o dia em que, ao acessar a rede social em questão, pela conta da Flávia, vi a foto de uma mulher linda e alegre, com olhos parecidos com os de alguém que conheço. Ela participava do grupo "Descasei", um grupo muito animado por sinal.

Minha mãe agora responde pelo codinome de "Loirinha Madura", e eu agradeço pelo dia em que ela me empurrou pra fora da vida *on-line*.

Talvez meu irmão peça emancipação.

Pensando bem, prefiro continuar morando com a Loirinha Madura.

Adoro o nhoque que ela faz.

O dia em que virei pipoca

Era uma manhã cinzenta, a chuva caía e lavava tudo.

Acordei meio sem vontade, pensando nas provas que faria naquela semana. Caminhei até o banheiro e abri os olhos (fiz todo esse percurso de olhos fechados).

Ali, no meio da minha testa, estava o maior caroço da história dos adolescentes. Um negócio inimaginável. E olha que eu não era propriamente uma adolescente naquela época.

Ainda não sabia o que me esperava.

Fiquei sem ação no primeiro momento. O que era aquilo?

Lembrei as lendas que ouvi sobre espinhas, maturidade e coisas do gênero. Mas tudo parecia tão distante! Agora aquilo estava estrategicamente posicionado na minha cara.

E como fazer para ir à escola daquele jeito? Ninguém na minha turma tinha algo parecido, reluzente, vermelho e viscoso.

Credo.

Recorri à gaveta "não mexa nisso" da minha mãe.

Ou a gaveta de maquiagens, se preferir.

Abri e surgiu diante de mim um monte de coisas que eu não sabia para que serviam. Dali apenas o batom me era familiar. De qualquer forma, o que tivesse a cor da pele devia ser para passar na pele, certo?

Fui pela semelhança.

Peguei nas mãos três coisas parecidas e cujo tom era igual ao da minha pele.

E agora?
Uni duni tê salamê minguê, o reboco escolhido foi você!
Era um iluminador.
Fui para a escola parecendo ter uma das crateras de Marte na testa. Acho que teria sido uma boa hora para cortar minha franja.
Isso se meu cabelo fosse liso.
Sem chance.
Resolvi que a viseira estava na moda e que era uma boa ideia usar o modelo que minha tia havia trazido da Disney. Rosa e azul, com uma camada grossa de glitter na aba.
Cinderela *rocks*!
Durante todo o percurso de carro até o colégio, escutei meu irmão discursando sobre modismos. É fácil falar, ele não tem espinhas.
Depois que minha mãe nos deixou no portão da escola, andei um tempo com a mochila na cara. Ela tampava a viseira ridícula, que por sua vez tampava a comprovação de minha entrada na adolescência. Algo que certamente seria motivo de piada na turma. Eu estava condenada.
Antes mesmo que eu pudesse entrar na sala de aula, a Marta veio correndo na minha direção:
– Fiorella, você não sabe o que aconteceu! O Fernando é tão legal!
O Fernando? Aquele *nerd* rejeitado e pisoteado pelos mamutes do time de futebol?
Fiquei um tempo processando a informação. Olhei para dentro da sala e vi a galera toda em volta da carteira do Fernando.

Todo mundo o bajulava descaradamente.

Uma brecha se abriu e vi Fernando sorrindo, orgulhoso. Ele empinou a cabeça para que as pessoas pudessem observar melhor um detalhe em especial. Acima de seus olhos, uma cratera ainda maior do que a minha.

– Tão adulto... – suspira a Marta.

Água mole em pedra dura não faz nada

Com o passar dos anos, aprimorei minha técnica como filha e me tornei uma exímia pedidora de coisas.

Ninguém escapa.

Se minha avó aparece, lá vou eu reclamar da minha magreza e contar como um bolo de cenoura com chocolate poderia mudar minha vida. Quando vou à casa do meu pai, reclamo que não tenho amigos, que minha vida é monótona e que tudo é culpa do meu armário sem graça. Ele normalmente me manda ao *shopping* comprar um *jeans* interessante. Se estou com meu irmão, fico olhando fixamente para seu sanduíche benfeito com cara de mendiga. Não chego a contar até dez e o lanche está em minhas mãos ávidas.

A única pessoa que parece imune aos meus espetaculares lamentos é minha mãe. No fundo, ela só cede àquilo de que eu estou realmente precisando.

Aí não tem graça.

Minha via-crúcis começou quando a Wanda (acho que os pais dela eram fãs do Wando, foi minha mãe quem disse) chegou à escola com um *kit* de unhas importado, maravilhoso, com todos os tipos de esmaltes e brilhos imagináveis.

Tudo de que uma adolescente desocupada precisa.

Passamos a aula decorando nossas unhas, embaixo da carteira, claro. Vai que a professora de Artes resolve pegar emprestado.

Quando a aula terminou, senti um vazio existencial ao me afastar da Wanda e daquele *kit* fantástico. Eu não teria mais o que fazer, a não ser estudar, enquanto a Wanda passaria a tarde trocando o esmalte das unhas. Ela provavelmente terminaria com um rosa-púrpura coberto de caveirinhas.

Decidi que precisava daquele *kit*. Como também precisava do fazedor de cachos automático na semana passada. Da saia que a vencedora daquele *reality* usava. E da calça colorida da vocalista daquela banda *pop* cujo nome não lembro.

Enfim, era um caso de vida ou morte.

Fui para a frente do espelho e ensaiei a minha melhor cara de coitada. Desgrenhei um pouco mais os cabelos e lembrei o final da novela das sete, para ver se apareciam lágrimas nos olhos.

Nem uma mísera gota. Aquela novela era muito ruim mesmo.

Assim desci as escadas, passo a passo, imitando os zumbis das histórias em quadrinhos.

Minha mãe estava na sala, vendo um programa de culinária apresentado por uma mulher gorda e loira. Dado o tamanho da apresentadora, presumi que as receitas dela eram muito boas.

Parei encostada ao sofá, em pé, à espera de que ela me notasse.

Nada.

Respirei fundo. Funguei um pouco.

Nada.

Requebrei o corpo para o lado, na esperança de esbarrar nela.

Nada.

Prestei um pouco mais de atenção no programa e percebi que estavam montando um bolo descomunal.

O chocolate que escorria pelas bordas era quase obsceno. Eu poderia morrer que minha mãe nem notaria.

Concorrência desleal.

Iniciei a abordagem mesmo assim.

– Mãe, preciso falar uma coisa muito importante, que está no fundo da minha alma, atormentando os meus dias, acinzentando os meus pensamentos!

Pensei no *kit* de unhas e em tudo o que ele significava para mim.

Nesse momento entraram os comerciais e minha mãe me olhou, como se tivesse despertado de um transe:

– Ahn?

Recolhi todo o ar à minha volta, na esperança de que isso melhorasse meu poder de convencimento. Preparei-me para emitir o pedido mais emocionante da história dos filhos.

Um brilho azul apareceu na TV e com ele surgiu a imagem de uma modelo com cara de rica, usando botas azuis de cano alto, inacreditáveis. Meus olhos se arregalaram.

– Mãe, preciso de uma bota. Caso de vida ou morte.

O mico dos aniversários

Tem gente que adora fazer aniversário.

Eu não.

Nada contra ficar mais velha, até gosto. O problema é o que vem com o aniversário. Também não tenho nada contra os presentes. Quanto mais, melhor. Difícil é lidar com o fato de que sua própria mãe não percebeu que você passou da fase das festinhas coloridas.

Todo ano minha mãe se esmera na produção: cozinha, enfeita a casa, pendura bandeirinha, coloca chapeuzinho em todo mundo.

Faz gelatina.

Contrata um palhaço.

O problema é quando todo mundo tem mais de dez anos.

O palhaço deve ter saído traumatizado da última festa.

Quando fiz treze anos, minha mãe resolveu que era hora de eu ter um aniversário decente, sem suquinho em pó e pipoca com os vizinhos. Achei que meus pedidos tinham sido atendidos e ela havia percebido o que realmente os adolescentes querem em seus aniversários.

Dinheiro. E uma pizza com os amigos.

Mas não. Quando acordei naquele fatídico dia e desci as escadas em busca do meu leite com chocolate de todas as manhãs, encontrei a casa inteira enfeitada com ursinhos cor-de-rosa.

Tudo era cor-de-rosa.

E com ursinhos.

No começo fiquei emocionada. Pensei: "Nossa, minha mãe fez tudo isso só para eu tomar café da manhã!"

Depois me subiu um frio pela espinha. E se não fosse só para o café da manhã? E se minha mãe tivesse outros planos para o reino dos ursinhos reluzentes?

Calma, Fiorella, não se desespere.

Então minha mãe entrou na cozinha vestida de urso cor-de-rosa.

– Filha! Gostou? Achei que palhaço não era mais tema de aniversário para uma moça.

E ursinho cor-de-rosa é?

– Falei com os seus amiguinhos; logo, logo eles chegam pra gente começar as brincadeiras – continuou minha mãe, animadíssima.

Amiguinhos?

Brincadeiras?

Com licença que eu vou ali desmaiar e já volto.

– Coloca a sua melhor roupa que hoje vai ser inesquecível!

Com certeza, com certeza. Anotação mental: passar o próximo aniversário com o meu pai. Geralmente sou eu quem tem que lembrá-lo da data.

Fadada ao ridículo pelo próximo ano, antes de subir confiro a lista de pessoas intimadas a comparecer. A minha sala de aula em peso foi convidada. Sinto minha respiração se alterar.

Ventila, ventila.

Penso no que vestir. Não tenho nada que combine com rosa.

Quando desço as escadas de encontro à execução, visualizo meus colegas espalhados pela sala, devidamente acomodados com chapeuzinhos e línguas de sogra nas mãos.

Nesse momento minha mãe, ainda vestida de ursinho carinhoso, começa a cantar os parabéns. Não é a canção de parabéns que todo mundo conhece: é uma inventada (as mães têm essa habilidade), cuja letra só ela sabe. No final, emenda um "Com quem será? Com quem será?", e eu prefiro virar pó.

A cantoria termina e resolvo encarar a galera.

Seja forte, Fiorella, seja forte.

Não tenho tempo. Estão todos se empanturrando de bolo de chocolate (aquele que ela aprendeu a fazer no programa de culinária da mulher gorda e loira) e ninguém está nem aí para o mico. Na verdade, estão programando com a minha mãe a festa do próximo ano.

Querem bolo de coco da próxima vez.

E sugerem que ela escolha uma fantasia menos quente.

– Fiorella, a sua mãe é tudo! – elogia a Marta. E ela nem é tão minha amiga.

Coloco o chapeuzinho e pego uma fatia do bolo.

Realmente obsceno.

Aprendiz de feiticeira

Tem dias que eu gostaria de ser como a Cinderela.

Aquela do sapato de cristal. Que por sinal deve ser desconfortável pra burro.

Voltando, gostaria de ser como ela. De repente aparece uma velhinha alegre e gordinha, aponta a varinha mágica na sua direção e transforma você totalmente.

Cadê aquele cabelo ninho de rato que estava aqui? Virou uma cascata linda e sedosa que nem comercial de xampu importado. Daqueles que aparecem na TV aberta, em que a boca da atriz mexe antes de ela falar.

Esse mesmo.

Você tem um compromisso de última hora e não tem nada para vestir? Gira a varinha e *pá*! Aparece uma calça *jeans* de marca, acompanhada de uma camiseta modernosa e aquele tênis que, para comprar, eu teria que juntar a mesada do ano todo.

Isso sem falar na carona. Apareceria uma mãe alegre e disponível para te levar aonde você quisesse. Em um carro melhorzinho.

Agora entendo por que, na infância, a Cinderela era a minha princesa preferida.

Nunca engoli aquele lance da Branca de Neve com os sete anões. Se um homem já é fedido e bagunceiro, imagina sete?

Inferno, inferno.

E a Bela Adormecida, que dorme enquanto o príncipe encantado enfrenta o dragão?

Passividade demais.

Tem a Rapunzel, com aquela cabeleira toda. Se eu já tenho preguiça de lavar o meu cabelo, que é bem minguadinho...

Melhor pular essa página. Ia ter criação de bicho na minha cabeça.

A Bela e a Fera. Preciso comentar que a beleza exterior conta? Acho muito legal esse papo de beleza interior, mas se eu levantar da cama e for direto para o colégio, com certeza não vão olhar para minha alma meiga, e sim para os fios desgrenhados, o aparelho que uso para dormir e o pijama de pinguins que ganhei da minha madrinha ano passado.

Tá, esse é fofo.

Ter uma fada particular que te deixa poderosa é a melhor opção.

Esse lance de magia deve ser muito legal. Se eu fosse como aquele bruxinho mega-famoso-com-cicatriz-na-testa, a primeira mágica que aprenderia seria a do desaparecimento.

Muito útil.

Esqueceu de lavar a louça e escuta sua mãe berrando do outro lado da sala, o que faz?

Desaparece, boba!

Tem prova de Matemática e não faz ideia do que é o quadrado da hipotenusa? O que faz?

Desaparece!

Prático, né?

Há outros truques interessantes, como voar na vassoura (adeus, ônibus lotado), fazer as coisas flutuarem (nunca mais levantaria do sofá), praticar alquimia (tudo viraria ouro e, por sua vez, sapatos novos), contar com mapas invisíveis que mostram os caminhos (não perderia mais minhas coisas pela casa), disparar raios mortais nos inimigos (muito interessante se você faz parte de uma família com irmãos).

O mais legal deve ser a sensação de poder.

De ser especial. De ter algo que ninguém tem.

Só senti isso uma vez, quando peguei caxumba, mas não durou muito porque depois todo mundo pegou também.

Ser uma princesa ou uma bruxa deve ser assim.

Diferente, avassaladora, exclusiva!

Sua majestade Fiorella.

Sua bruxeza Fiorella.

Combina.

Lá embaixo minha mãe me chama:

– Princesa, vem jantar! Estamos esperando!

Meu irmão complementa:

– E vê se não desce toda bruxa que hoje meu amigo vem estudar aqui!

De volta à realidade.

Vou-me embora para a Disney

Finalmente minha mãe ouviu minhas preces, meus lamentos intermináveis, meus choros irritantes e me mandou para aquele lugar.

A Disney, claro.

Fui com uma excursão de férias. Daquelas em que todo mundo veste uma camiseta igual, horrorosa e fosforescente, de forma que você é identificado a dois quilômetros de distância.

Fomos de econômica e lotamos o avião.

Tudo bem, fora o fato de que você quase congela na mesma posição até chegar ao seu destino. Quando acorda (se dormir), ainda tem um ser babando em cima de você.

Alguns têm a sorte de viajar com amigos. Aí, tudo é festa!

Eu não.

Os pais da Flávia estavam sem verba para viagens e ela foi visitar a avó. A Marta disse que foi à Disney umas dez vezes. Agora entendo por que não sou tão amiga dela.

Alguns têm a sorte de não viajar com aprendizes de pagodeiro.

Eu não.

Se eu pudesse, me jogava lá de cima. Foram oito horas de canto desafinado, com batuque no plástico da bandeja da janta.

Alguém tem paraquedas?

Quando pousamos, eu estava com o maior torcicolo da história, cãibras monstruosas e a cabeça entupida de músicas grudentas.

Mas sobrevivi!

Cheguei à terra dos gringos. Não via a hora de pedir *waffles* bem gordurosos. Isso se eu soubesse falar inglês.

É um mero detalhe, posso esfregar a barriga e fazer cara de passarinho até eles me darem o que preciso. Pode demorar um pouco.

Embora tortos e cansados, saímos do avião aliviados.

Tivemos que esperar duas horas pelas malas. Que não vieram.

Estávamos só com a roupa do corpo (que incluía a tenebrosa camiseta fosforescente).

Após muito choro e ameaças de ataque terrorista, entramos no ônibus que nos levaria ao hotel. O fôlder informava: estrategicamente posicionado.

Ninguém imaginava que era estrategicamente posicionado onde Judas perdeu as botas.

Demorou um tempão, mas chegamos. Suados, melados e com fome.

Esperamos nossa guia falar com a recepcionista americana. O nome dela era Waldikleia, e eu achei que não poderia haver pais mais criativos. A Waldi (achamos melhor abreviar) chegou com a maior banca junto à recepcionista. Finalmente poderíamos ir para os quartos, tomar um banho para tirar a catinga e comer um macarrão com queijo (eu li que essa é a principal combinação alimentar dos americanos).

Então ela abriu a boca.

E nada de eles entenderem o inglês de brasileiro da Waldi, com aquele sotaque bem arrastado.

Pânico geral. Quase um arrastão.

Após muita reza, finalmente detectamos outro integrante do grupo que sabia inglês. Um menininho com cara de inteligente e aspecto assustado. Com mímica e *embromation*, a recepcionista nos indicou os tão sonhados quartos.

Teríamos que dividi-los com um colega, sem problemas.

O mais importante era ter um quarto. Mesmo que fosse no décimo primeiro andar e o hotel não tivesse elevador. Aproveitamos para colocar a ginástica em dia.

O grupo subiu cantando pagode. Nunca subi tão rápido uma escada.

Se continuássemos assim, seríamos expulsos por indução de suicídio coletivo.

Na hora de abrir a porta do quarto, vi o tal menininho que falou com a recepcionista parado ao meu lado, me olhando. O vermelho das bochechas era tão intenso que eu achei que ele ia enfartar. Apontava para dentro do quarto e gaguejava.

Eu entendi tudo.

O pirralho era o meu colega de quarto.

Acalmei o infeliz. Não tínhamos muita escolha.

Pelo menos o quarto tinha duas camas, um banheiro e o frigobar recheado.

Frigobar!

Meus olhos se iluminaram. Imaginei tudo em câmera lenta, com uma música açucarada tocando ao fundo.

Em inglês, óbvio.

Nossa noite foi regada a refrigerantes, batatinhas e aqueles chocolates americanos altamente viciantes. Eles devem colocar algum treco neles.

Descobri que o nome do menininho, que tinha 9 anos, era Cléverton (outra mãe criativa). Meio gordinho, de óculos e franja penico. Um *baby nerd*, sem sombra de dúvida.

Lembrava o meu irmão. Mas de um jeito bom.

Dormimos entupidos de porcarias e felizes. Sem tomar banho.

Liberdade, ainda que tardia.

Lá terei o personagem que quiser, na foto que escolherei

Apesar dos apesares, estou amando a Disney. Visitamos dois ou três parques e considero a ideia de me mudar para cá. Eu poderia ser uma das princesas. Ou um daqueles personagens que imitam um bicho charmoso.

Acho que só me sobraria algum bicho mesmo.

O Cléverton virou meu escravo-intérprete pessoal. Pergunta quanto custa, pede em outra cor, pechincha e negocia com a vendedora.

Um talento.

Até meu prato de *waffles* gordurosos ele providenciou. Com muita calda.

Mas uma coisa não me sai da cabeça: ainda não consegui a famosa foto com aquele rato-*pop-superstar*.

Esse mesmo, adoro ele.

Não porque ele é bobinho. Porque é *marketing* puro.

Fofo, bundudo e sorridente. Tem melhor? Alguns diriam se tratar de um camundongo. Na verdade, não sei a diferença. Um é menos fedido que o outro?

Dei como missão ao Cléverton descobrir por onde andava o tal rato celebridade. Não é justo encontrarmos tantos daqueles esquilinhos cujo nome eu nunca lembro. E nenhum rato!

Só pode ser porque ele ganha mais que os outros.

Aposto que ninguém gosta dele no *staff*.

Andamos horas a fio perguntando sobre o destino daquele rato sumido. Descobrimos que ele aparece em certos momentos do dia e que a fila para vê-lo é de duas horas embaixo do sol escaldante.

Eu estava desolada, inconformada, sem esperanças.

Foi quando o Cléverton se revelou um gênio do crime infantil.

Entramos sorrateiramente no camarim e vestimos duas fantasias que estavam encostadas. Nós nos transformamos nos duendes mal-acabados da Branca de Neve.

Eu queria ser o anão que dorme. Identifico-me muito com ele.

Mas só sobrou o que vive tropeçando nos outros.

E o outro que sabe tudo e fala o tempo todo. O Cléverton ficou se achando.

Lá fomos nós, andando e carregando aquele peso todo. Ignorávamos as pessoas que nos cumprimentavam em uma típica atitude de anão-esnobe.

Nosso objetivo era um só: abraçar o rato.

Bater uma foto.

Ir embora.

Repetimos esse mantra até chegar ao alvo.

Furamos a fila (óbvio) e nos posicionamos ao lado do alvo. Enquanto eu me aproximava mais, o anão-Cléverton sacava uma máquina fotográfica.

A cena era no mínimo tosca.

Anões de férias na Disney.

Um abraça o anfitrião para o outro bater uma foto.

Ninguém entendeu nada.

Nem o próprio rato, que começou a se debater e eu tive que apertá-lo mais forte. Tão forte que a cabeça voou longe e foi uma gritaria só. Precisamos nos esconder nas lixeiras por um dia todo para não sermos expulsos do parque. Até o lixo é cheiroso na Disney. Deve ser o excesso de chicletes.

Mas consegui minha foto.

Quer dizer, o anão-que-tropeça-em-todos conseguiu. É ele quem aparece na foto.

Abraçando um camundongo descabeçado.

A boa filha à casa torna

Tudo o que é bom dura pouco. Até a Disney.

Despedi-me, com lágrimas nos olhos, de todos os *waffles*, *donuts*, *bacon* e ovos do café da manhã. E do almoço. E do jantar.

Do Cléverton também, claro.

Se eu pudesse, levava ele para morar lá em casa e perpetuava o vínculo de escravidão. Prometi escrever e mandar fotos das minhas próximas férias.

Posso dizer que essa experiência me fez uma pessoa mais evoluída.

Aprendi o valor do silêncio (pretendo não ouvir pagode por um bom tempo).

De saber outra língua (isso se você não for a Waldi).

Da importância de apurar o paladar. (Descobri que o verdadeiro *donut* não tem recheio, só cobertura. Se tiver recheio, é sonho. Olha que informação importante!)

Que devemos sempre socializar.

Com certeza o Cléverton voltou mais esperto por ter convivido comigo.

Ele aprendeu como preparar um *waffle* com calda dupla, que queijo amarelo é igual a macarrão gostoso e que toda e qualquer bebida quente deve ser preparada com leite gordo. Quando alguém perguntava "*No fat?*", ele dizia "*Very fat!*".

Fofo. Minha obra-prima!

Aprendi que devemos buscar o equilíbrio (nunca coma dois *bacon burguers* e um *sundae* colossal na mesma refeição).

Que os personagens não cheiram bem por debaixo daquela indumentária (experiência própria).

Que a Cinderela é meio estrábica.

Que o príncipe usa peruca.

Que depressão!

E tem a pedra fundamental: aprendi que podemos, sim, usar a mesma roupa dez dias seguidos sem que ela se desintegre.

Eu deveria escrever um artigo sobre isso. Iria ajudar muita gente.

O fato é que cheguei ao Brasil depois de mais oito horas de pagode e brincadeiras de estátua. Voltei para minhas roupas limpas e variadas. Minha comida materna saudável e controlada (tirando os beliscos do final da tarde). Meu quarto exclusivo, sem ninguém roncando no meu ouvido.

Abro a porta de casa feliz, empolgada e exausta, carregando minhas cinco malas.

E vejo latas de tinta espalhadas pela casa toda.

Jornais jogados, emoldurados por escadas respingadas.

Mamãe se aproxima quando me vê, me abraça forte, com saudade.

– Resolvi pintar a casa enquanto você estava fora. Só que atrasou e eles ainda vão levar uma semana para terminar.

Espero o desfecho.

– O Luís está dormindo no seu quarto, acho que vocês podem dormir juntos uns dias.

A ideia de voltar para a Disney e me tornar um anão por tempo indeterminado pareceu tentadora. Isso... e os *waffles* gordurosos.

O ser adolescente

Hoje tive que ouvir da minha mãe que ser adolescente é ótimo.

Uma fase sem preocupações, ela insinuou.

Rá! Até parece.

Quem foi que disse que ser adolescente é fácil? O cabelo cria vida própria e resolve possuir o próprio dono. Braços e pernas esbarram em tudo e tornam até um passeio ao supermercado desastroso. A pele fica hor-ro-ro-sa e a gente compra mil e uma pomadas milagrosas que só servem para nos fazer perder a fé no mundo. E nas marcas de pomada. Surge um ser chuchu, sem classificação ou qualidade aparente, andrógino e esquisito, que não é criança nem adulto.

E as pessoas à nossa volta nos definem cada hora como uma coisa diferente.

"Você é muito criança para isso", se eu quero pintar meu cabelo.

"Você é muito adulta para isso", se eu deixo minhas coisas espalhadas e só quero comer Bestella o dia todo.

Ser adolescente é fogo!

É ter as necessidades do adulto e os direitos da criança.

Que bonito isso. Vou registrar a autoria.

Tentei explicar para a mamãe como é angustiante acordar com o cabelo revoltado, espinhas na cara e as calças curtas. Mas ela disse que, quando eu for adulta, vou entender.

Tudo bem, não sou adulta, não entendo.

E que desculpa ela tem? Já foi adolescente! Deveria entender.

Nada vai sair dessa conversa.

Pensei até em trocar uma ideia com o Luís. Ele é adolescente também, tem dezesseis anos, sabe do que estou falando. Desisti quando o peguei ouvindo *A voz do Brasil* na rádio, com um livro de Física no colo.

Tá, ele não é um adolescente normal.

Nem um adulto normal.

Seria mais um velho real.

Não me sobram muitas opções.

Restou-me fofocar com a Flávia por duas horas no telefone sobre nossas respectivas mães e vidas adolescentes infelizes. Sobre como ser dependente é horrível, como ser adulto é maravilhoso. Traçamos planos para fugir de casa, passear em Paris e virar andarilhas sem destino, vivendo de sanduíches de presunto com Bestella. O máximo dos máximos.

Lá embaixo, minha mãe berra:
– Fiorella, vem jantar! Fiz nhoque! De sobremesa tem pudim!

Mudei de ideia.

Adoro ser adolescente.

Adoro que meu estômago seja dependente.

C'est la vie!

Família, família

Férias reais

Tem determinada época do ano em que não se fala de mais nada a não ser em férias. Meus colegas começam a contar sobre seus planos, quem vão visitar, que país ou cidade vão conhecer. Posso dizer, com orgulho, que tenho uma viagem à Disney em meu currículo de férias.

Fora isso, meus dias de folga sempre têm um único destino: a casa do meu pai.

Ter pais separados pode ser bom em alguns casos.

Duas casas, dois quartos. O que um proíbe, o outro deixa fazer.

Mas no meu caso não.

Meu pai é o caos em pessoa.

E a esposa dele, quando estava no céu para nascer, entrou duas vezes na fila da desordem. Ou seja, a casa deles é o cão chupando manga.

Normalmente eu passo minhas férias inteiras fazendo as vezes de doméstica, tentando colocar sorte no azar. Meu irmão se tranca no quarto e, com uma pilha descomunal de livros, tenta conviver entre restos de comida e baratas.

Meu pai não teve mais filhos (ainda bem, já basta eu ter que aturar o meu irmão), mas adotou um cachorro.

Não me leve a mal.

Eu adoro cachorros.

Menos esse.

Rufus é uma mistura de porco com capivara peluda, em nada lembra um exemplar da raça canina. Ele tem o dom de roubar meus sapatos, babar nos cadernos e destruir meu lanche da tarde, sempre com um barulho estridente, que lembra um boi no matadouro.

Pior é quando eu acordo no meio da noite com uma presença ao meu lado, suando e espalhando tufos de pelo por todo lado. Como se não bastassem meu pai e minha madrasta, agora tem um ser ambíguo sujando tudo. Não sei como, mas ele aprendeu a abrir portas e me persegue sem dó.

Foi um caso de amor à primeira vista.

Da parte dele.

Quando eu era menor, implorei por um bichinho de estimação: peixe, gato, *hamster*, cobra, até um pato! Podia ser qualquer coisa.

Não teve jeito. Meus pais foram irredutíveis.

E agora tenho que aturar o bicho de estimação de outra pessoa.

Vou entrar em greve, protestar, fazer jejum!

Vou à TV pedir condições mais justas para passar as férias. Todo mundo merece vagabundear em paz. Felizmente tenho só mais dois dias de purgatório; então voltarei para a minha casa cheirosa e organizada, desprovida de seres sem classificação na Terra. Se eu ficar mais uma semana aqui, morrerei de intoxicação por consumo de macarrão instantâneo e comida congelada.

Meu pai entra no quarto todo sorridente:

– Oi, filha. Arrumando as malas?

Respondo com um aceno de cabeça. Na verdade, nem as desfiz.

– Tenho uma boa notícia para você.

Boa? Ganhamos na Mega Sena?

– Conversei com sua mãe hoje de manhã e expliquei que eu e a Rosana vamos passar uns meses no Himalaia.

Sim, isso eu já sabia. Da última vez eles se perderam na Tunísia.

– Eu contei para ela o quanto você gosta do Rufus, da relação bacana que vocês têm.

Essa conversa está tomando um rumo preocupante.

– Adivinha? Sua mãe aceitou que o Rufus fique com vocês por um tempo!

Me falta o chão, alguém me abane.

Nesse momento entra a bola de pelo grudenta, uma poça de baba, lambendo a minha cara. Rouba a primeira coisa que encontra no chão e sai correndo.

Estou cogitando comprar uma passagem para o Himalaia.

A vida como ela é, com um cachorro

Faz duas semanas que Rufus veio morar com a gente.

Parecem dois séculos.

Ele conseguiu destruir todos os cantos da casa, roer todos os móveis, rasgar a barra de todas as cortinas. Agora entendo por que a casa do meu pai é o caos. Meu quarto está parecendo um campo de guerra.

Implorei para que minha mãe o devolvesse, mas ela colocou na cabeça que ter um cachorro me ajudaria a desenvolver o senso de responsabilidade. Como recolher cocô do chão, levantar todo e qualquer objeto do alcance mortal e ver meus sapatos sendo utilizados como mordedor podem me fazer mais responsável?

Só se mais responsável for o mesmo que mais irritada!

Se alguém conseguir decodificar o cérebro de uma mãe, me avise.

Encarando os fatos: tenho uma criatura anômala vivendo na minha casa e que morre de amores por mim e pelas minhas coisas.

Por que ele não caiu de amores pelo meu irmão?

Não, tinha que ser comigo.

Na verdade, ele nem chega perto do Luís. Dá meia-volta quando o vê entrando na sala. Parece que Rufus não gosta nem um pouco do meu irmão.

Tá, isso eu entendo.

Entretanto, preciso achar uma forma de me livrar dele.

Do Rufus, não do meu irmão.

Até que eu gostaria de me livrar do meu irmão, mas seria mais complicado.

Tenho que criar um plano criativo e único que traga de volta a vida que eu tinha. Não era grande coisa, é verdade, mas era limpa.

– Alô, Márcia, tudo bem?
– Oi, Fiorella!
– Tenho um presente para você. Um cachorro!
– Que tudo! Sempre quis ter um cachorro.

Quando a Márcia viu o Rufus, ficou procurando o cachorro. Ela achou que talvez estivesse atrás daquela vaca peluda esquisita.

Meu plano não deu certo.

– Alô, Alfredo, tudo bem?
– Oi, Fio!

Ele tem essa mania chata de me chamar de Fio.
Concentre-se, Fiorella.

– Soube que o seu pai está precisando de um cão de guarda lá no ferro-velho.
– Sim, e dos bons.
– Serve um bem fedido?
– Ô!

Quando o Alfredo chegou à minha casa, me olhou de lado. Deve ter parado para pensar se o Rufus realmente era bom no assunto. Eu disse o quanto ele era estabanado e que, com certeza, o ladrão sairia correndo se desse de cara com um camelo que latia.

Convenci o Alfredo.

Ele ficou de voltar no outro dia para buscar o Rufus. Viva!

Sentei no sofá com a sensação de dever cumprido. Meus problemas estariam resolvidos. Sem mais calças babadas, lanches mastigados, sapatos roídos, cadernos escondidos, coisas escatológicas espalhadas pela casa.

Foi quando Rufus se aproximou de mansinho e colocou a cabeça em meu colo.

Ele nunca fez isso, juro!

Olhou-me com olhos fundos, cor-de-burro-quando-foge, úmidos, tristes.

Ele sabia o que eu estava fazendo.

Ele me condenava por eu ser uma dona insensível e desumana.

Seu olhar era cheio de amor e dor.

Eu me odeio.

– Alô, Alfredo?

Adoro a minha vida, só que não

Vamos combinar que nem tudo são flores.
No meu caso é o contrário: nem tudo é erva daninha.
Entre a escola e a minha casa não sobra nada.
Confesso que durante um tempo me esmerei em desenvolver talentos especiais. Na primeira aula de canto, a professora pediu que eu procurasse algo mais silencioso. Quando me inscrevi no teatro, o diretor disse que eu era o drama em pessoa, não precisava de mais. Em esportes, nem pensar. Eu provavelmente mataria alguém na primeira bolada.
Aí não resta muita felicidade.
Mas tem coisas de que não abro mão: meu quarto, meu diário, *shopping*, Bestella. Ver TV, ler um livro que não está na lista da escola. Fuçar no perfil dos outros usando a conta da Flávia. E agora tem esse lance do cachorro.
É, o cachorro.
Não consegui dá-lo para o Alfredo. Algo dentro de mim me fez ter sentimentos pela criatura. E agora resolvi adotá-lo de verdade. Levei-o ao *pet shop* e descobri que tem algo embaixo daquele emaranhado amarelo. Tosado, ele ficou até simpático.
Tirando a baba, claro.
Tentei colocá-lo em uma escola de boas maneiras, mas ele conseguiu converter todos os cachorros em animais sem dono. Saí de lá correndo antes que chamassem a carrocinha.

Rufus agora me acompanha até a escola, todos os dias.

No início eu o trancava em casa, mas o danado dava um jeito de fugir e, *voilà*, aparecia na porta do colégio quando eu saía. Não me perguntem como ele sabia onde eu estava.

Deve ser instinto, sei lá.

Minha mãe gostou da ideia: por causa da cara de cachorro louco do Rufus, ninguém iria chegar perto de mim. Realmente, nenhum humano teve coragem de me acompanhar depois que o Rufus resolveu que eu era propriedade dele.

As crises de desordem melhoraram, ele tem se esforçado. Larga o sapato quando vê minha cara de reprovação, busca o que escondeu e até atazana meu irmão só para me ver sorrindo.

Essa última parte é a melhor.

Devo ser muito boa com cachorros. Eles me amam.

Fiorella, domadora de cachorros que não parecem cachorros.

Desde que o papai ligou ontem, tem uma pulga me incomodando. E se ele quiser o Rufus de volta? Justo agora que cuidar dele se tornou um dos meus talentos!

Minha madrasta pode alegar que o cachorro é dela, que eles não têm filhos, que Rufus é a última esperança de maternidade perdida e blá-blá-blá.

Preciso achar um plano para manter o Rufus comigo.

Eu poderia dizer que fiquei cega e que o Rufus seria meu cão-guia. Não, ele provavelmente me levaria para o meio da rua na hora do *rush*. Posso dizer que contraí uma doença mortal e que só posso me curar se receber lambidas diárias e fedidas de cachorro louco. Não, eles não acreditariam. E isso me encheria de bactérias nojentas.

Vamos lá, Fiorella!

Você é a criatividade em pessoa, crie algo único.

A rainha das desculpas não consegue pensar em nada?

– Filha, é o seu pai no telefone de novo.

Sinto meus nervos aflorarem. É agora. Ele vai pedir o Rufus de volta e minha vida vai novamente ser limpa e organizada.

Um tédio.

– Oi, pai...

Faço voz de defunta de propósito.

– Oi, filha. Tudo bem? Queria te pedir um favorzão. Resolvemos esticar mais um mês por aqui. A Rosana quer curtir umas experiências transcendentais. Será que dava para você cuidar do Rufus por mais um tempo?

– C-Claro...

Desligo o telefone dura que nem pedra.

Adoro experiências transcendentais ou o que quer que isso seja.

Saio pela sala dançando, feliz, radiante.

Minha vida é linda, minha vida é perfeita, eu amo o mundo e...

– Rufus, larga esse sapato AGORA!

Era meu sapato de festa novo, último modelo, exclusivo, preto, daqueles que minha mãe não deixa comprar; precisei manipulá-la até ela achar que a ideia de levar o sapato foi dela.

Quando Rufus abre a boca, a gosma escorre e apenas metade do sapato cai no chão.

– Mãe, é muito cara uma ligação para o Himalaia?

O dia em que minha mãe arranjou um namorado

Eu sabia que um dia isso ia acontecer.

Todas as minhas amigas com pais separados haviam me alertado sobre isso.

Também me falaram sobre os namorados de suas mães puxando seus sacos, comprando presentes como se elas fossem crianças da educação infantil.

Quando meu pai casou de novo, eu não liguei muito.

Na verdade, fiquei aliviada.

Melhor casado, pode acreditar.

A cerimônia foi em um templo budista, celebrada por um monge e um Elvis. Minha madrasta queria casar em Las Vegas. A grana estava curta e foi o melhor que meu pai conseguiu. Foi divertido!

Mas preciso dizer que não tive a mesma reação quando minha mãe nos apresentou o Rodolfo.

Estranhei quando a vi se arrumando, toda cheirosa. Fez lasanha, pôs a mesa combinando. Prato combina com o copo, que combina com a toalha, que combina com o guardanapo. Percebi também que combinavam com a roupa dela.

Senti-me como se estivesse nas fotos daquelas revistas de chiques e famosos.

Isso tudo para um jantar de quarta-feira.

Meu radar apitou.

Há algo de novo no reino da Dinamarca.

Seja lá onde for esse lugar. Deve ser longe e frio. Tem cara.

Fiquei realmente aflita quando ela me pediu para vestir uma roupa mais séria. Ela nunca ligou para o fato de eu andar dia e noite, noite e dia, de *jeans* e camiseta podrinha.

Isso desde que eu tenho uns cinco anos.

Como filha boa e obediente, subi e coloquei uma pantufa. De girafa.

Não consegui pensar em nada melhor, mas acho que, pela cara que fez quando eu desci as escadas, ela não gostou. Sua reação, no entanto, foi leve e alegre.

Fiquei confusa.

Até notar ao lado dela um sujeito, meio careca, meio gordinho, meio engomadinho.

Aposto minha Bestella que aquele senhor enjoado era o tal do Rodolfo.

Rodolfinho para os íntimos.

Passamos a noite escutando histórias sobre o consultório impecável e distinto do Rodolfinho, a casa impecável e limpa do Rodolfinho, o carro esporte do Rodolfinho. Ele é médico proctologista.

Perguntei para meu irmão o que era isso e ele começou a rir. Custava responder?

Enfim, um saco.

Minha mãe contou que o Rodolfo tem dois filhos, um menino e uma menina (olha a coincidência), ambos mais novos que eu e o Luís.

Era só o que me faltava! Pirralhos!

Disse como eles falam francês fluente desde pequenos (ai, credo!), como foram criados nas melhores escolas (e nós nos melhores estábulos, por acaso?).

O Rodolfo é viúvo e, pelo que entendi, a esposa dele era uma vedete francesa. Ele deve tê-la matado e escondido o corpo no porão da mansão-monstro.

Arrá! Algo de podre no reino da Dinamarca!

Se é que as coisas ficam podres por lá.

O Rodolfo tentou puxar assunto comigo e com o Luís a noite toda, mas o máximo que ele conseguiu como resposta foi um ok.

Dito pelo Luís.

Ele não viu nem os meus dentes.

Mas perdoei minha mãe pela noite desastrosa depois que provei a lasanha.

Presunto e queijo duplo.

Viva o amor!

O dia em que minha mãe quase casou

Isso eu não sabia que ia acontecer.

Ninguém me alertou.

Todas as minhas amigas disseram que suas mães não queriam mais casar, que estavam desiludidas e que iam namorar até ficarem bem velhinhas.

Parece que minha mãe é uma exceção à regra.

E agora estamos, eu e meu irmão, provando trajes para a cerimônia digna de nota no jornal.

Tudo rosa e branco. Nenhum ursinho dessa vez.

Minha mãe sempre sonhou em se casar de noiva, entrar na igreja com um cortejo de daminhas. Decorei a história de como ela e meu pai se casaram apenas no civil, junto com um monte de casais, em um cartório de fundo de quintal.

E que depois foram comer pizza.

Isso é que é casamento!

O tal cortejo de daminhas não foi possível, então ela apelou para mim e meu irmão. Os filhos do Rodolfo estão na França.

No início tive medo de que o Rodolfo resolvesse morar com a gente.

Ou que quisesse levar todo mundo para morar na mansão dele (oba!).

No fim ficou decidido que seria uma mudança muito grande para mim e para o Luís. Então, o melhor seria que ele e a mamãe ficassem em casas separadas por um tempo.

Pensei que na verdade ele não queria os filhos da periferia morando com ele.

No dia da cerimônia eu estava começando a me conformar em ter um padrasto. Tentava me convencer de que seria legal, mas alguma coisa no Rodolfo não parecia certa.

Um jeito bonzinho demais. Ninguém é tão bonzinho assim.

O sorriso congelado que ele abria quando nos via dava medo.

Eu me senti ridícula com um vestido de dama grande (que na verdade é um vestido de daminha, mas em um tamanho maior, o que me confere um jeitão um tanto desengonçado). O Luís estava de terno e gravata-borboleta. Por que a roupa social dos homens pequenos se parece tanto com a roupa social dos homens grandes? Ele nem ficou com cara de bobo ou infantilizado.

Só eu, claro.

Para completar, minha mãe insistiu que eu devia cachear meu cabelo, ficaria mais arrumado. Quem disse que cabelo ondulado não é ajeitado?

Fiquei parecendo um *poodle* maquiado.

Isso pode piorar?

Pode.

Percorri todo o caminho do tapete vermelho até o altar de cabeça abaixada.

O Luís me seguia. Eu carregava as alianças. Só queria que tudo terminasse.

Confesso que minha mãe estava muito bonita em um vestido branco de renda (francesa, claro) e ainda mais loira.

Só faltava uma peça nisso tudo.

O Rodolfo.

É, porque até aquela hora ele não havia aparecido.

Minha mãe disse que era assim mesmo, que na França o noivo entrava depois da noiva (ela acreditou nisso) e estava lá na frente, na maior paciência.

Os convidados começaram a sair de fininho, constrangidos.

Quando só restavam cinco pessoas na igreja, minha mãe entendeu que o Rodolfo não viria. Duas lágrimas escorreram pelo rosto coberto de *blush* dela e eu tive vontade de esfregar a careca do médico infame no chão até lustrar.

Apareceu um oficial de justiça; procurava por quem? O Rodolfinho!

O Rodolfo era doente por casamentos, havia marcado dezenas de cerimônias e sumido no final de todas. Tinha casado duas vezes, com pessoas diferentes, ao mesmo tempo.

E nenhuma delas era uma artista francesa.

A teoria da ex-mulher enterrada no quintal pareceu bem real.

Pelo menos ele era mesmo médico proctologista. Dos ruins, mas era.

Saímos todos arrasados, arrumados, enfeitados e sem destino.

Minha mãe recusou-se a ir ao salão de festa, apesar dos meus apelos para comer o bolo. Mas aceitou parar em um carrinho de lanches, quando escutou o barulho aterrador do meu estômago. A cena era cômica e trágica ao mesmo tempo. Parecíamos fugitivos de um baile à fantasia.

Mamãe levou um tempão para falar no assunto. Só

voltou a mencionar a palavra namoro quando um dia, no café da manhã, abriu o jornal e viu uma foto do Rodolfinho estampada na primeira página.

Ele tinha tentado marcar mais um casamento.

Só que dessa vez com a filha de um coronel importante.

O uniforme de presidiário combinou bem com os olhos dele.

Doce coincidência

Meses se passaram e minha mãe voltou a ser uma assídua frequentadora do influente grupo Descasei. Está se arrumando, aceitando convites para jantar.

Interagindo com o universo dos solteiros maduros.

Mas dessa vez seremos mais seletivos na escolha do padrasto.

Falei com o Luís e ele conseguiu acesso a um programa de antecedentes criminais, obituários e anúncios de casamento. Criamos uma ficha de três páginas com todos os dados que uma pessoa poderia ter. A ela deverão ser anexados o comprovante de renda, o tipo sanguíneo e o registro de doenças preexistentes.

Estamos preparados para detectar picaretas.

Posso dizer que nosso sistema antimalas deu certo.

Despachamos uns dez.

Um mais mala que o outro.

Com nossa incrível capacidade de detectar más influências, conseguimos livrar minha mãe de várias furadas. Baixo demais (ela nunca mais ia usar salto na vida), alto demais (alô, torcicolo!), gordo demais (mal passava na porta), magro demais (se batesse um ventinho, já era).

Burro demais.

Luís usou todos os conhecimentos de física quântica que possui para provar que um dos candidatos a padrasto e uma parede tinham o mesmo QI. O fato de eu também não ter entendido nada não conta.

Inteligente demais.

Luís usou todos os conhecimentos que possui em física quântica para provar que minha mãe não teria assunto com o candidato a pai postiço.

Realmente, o mercado de casórios maduros vai mal.

Estávamos resignados com a evidente solteirice eterna da minha mãe, quando ela apareceu com um colega de trabalho. Disse que se conheciam há muito tempo, mas o Afonso era tímido demais para convidá-la para sair. Um dia ela derrubou um copão de café quente nele e houve uma conexão.

Romântico, né?

Fizemos o interrogatório, e ele se saiu muito bem.

Nem baixo, nem alto. Nem gordo, nem magro.

Nem burro, nem inteligente demais.

Ficha limpa, impecável.

O que dizer de um cara divorciado há mais tempo que a mamãe, gentil, *nerd* (o Luís adorou isso) e com apenas um filho?

Tá, ele poderia não ter o filho.

Com o desenrolar dos eventos, chegou o dia do fatídico jantar. A cena se repete. Mesa que combina com toalha, que combina com guardanapo, que combina com a louça, que combina com a roupa da minha mãe.

A campainha tocou e eu fiz as honras.

O Afonso era passável, só faltava conhecer o pirralho do filho dele. Eu só sabia que ele era mais novo que eu e meu irmão. Mais nada. E se ele fosse um psicopata mirim?

Qual não foi minha surpresa quando, por detrás do Afonso, surge o Cléverton?

Meu querido escravinho-fofo-bilíngue Cléverton.

Igualzinho ao dia em que nos despedimos no aeroporto.

Talvez um pouco mais gordinho. E com o cabelo um pouco mais curto.

Parado em frente ao pai, segurando um prato de *waffles* gordurosos.

Não vejo a hora de a mamãe casar.

Filhos... filhos? Melhor não tê-los!

A mãe da Flávia está grávida.

De novo.

Ela está no quarto filho e parece não entender nada sobre controle de natalidade.

A Flávia tem dois irmãos mais novos e um a caminho. Se eu reclamo do estorvo do Luís, imagine ela.

Minha amiga vai direto para o céu.

Talvez por isso a Flá tenha entendido tão bem a poesia que a professora trouxe hoje na aula. Eu até gosto de poesia. Quando entendo o que ela diz.

Essa até que era legal. De um tal de Vinicius de Moraes.

Achei o título bem criativo: "Poema enjoadinho".

E nem era tão enjoadinho assim.

Falava sobre a desgraceira que é ter filhos (ele deve ter tido irmãos).

E sobre como é bom ter filhos (será que esse cara teve algum?).

O fato é que ele retratou muito bem a parte do cocô, de comer botão, coisa e tal.

A Flávia sabe bem disso. Ela perdeu todas as canetas perfumadas. Os irmãos dela são piores que o Rufus.

Pelo visto eu vou ficar na mesma posição da Flávia. Minha mãe colocou na cabeça que seria uma boa ideia ter mais um filho.

Ela e o Afonso se casaram há um mês.

Não teve festa nem nada. Só um bolinho com docinhos aqui em casa, depois da cerimônia civil. Foi um casamento bonito, emocionante. Declarações de amor eterno e tudo.

O Cléverton foi o pajem. Dessa eu me livrei.

E minha vida não mudou muito. Até agora.

Cléverton continua morando com a mãe dele e o Afonso passou a morar com a gente. Bem que o Cléverton poderia se tornar meu irmão em tempo integral.

Seria muito útil.

Mas ele compensa a ausência com *waffles* gordurosos toda vez que aparece aqui em casa.

Não posso reclamar do Afonso. Ele fica na dele. Não atrapalha nada. Até lava a louça. E ver minha mãe feliz depois de tanto tempo de relacionamentos desastrosos é muito bom.

Só não precisava vir com essa ideia de ter mais um filho.

O Afonso balança a cabeça, fala sobre como é caro ter um filho hoje em dia. E minha mãe nem aí, só delirando.

Ela até começou a separar nomes em revistas de bebê!

Eu bem que tentei convencê-la a adotar o Cléverton, mas ela disse que ele tem mãe, não precisa de outra. Mas que ia ser um bom custo-benefício, isso ia.

Estávamos todos desesperados, mas resignados com o fato de que era questão de tempo até termos mais um membro na família.

Com o passar dos meses, mamãe começou a engordar e todo mundo notou que a bunda dela estava meio grande demais. Até que a barriga acompanhou! Sugeri que ela mudasse a dieta; nem me ocorreu que nossa profecia do desastre havia se realizado: minha mãe estava grávida.

A cara de assustado que o Afonso fez quando a mamãe contou foi de dar pena.

Foi durante um jantar de quarta-feira (por que será que ela elege sempre a quarta-feira para dar o bote?). Serviu aquela lasanha dupla de presunto que conquistou o pilantra do Rodolfo (e a gente) de vez.

O Cléverton estava presente. E comeu tanto que eu achei que ele fosse explodir.

Ninguém deu "urra" nem "viva", e eu acho que a mamãe ficou chateada. O que podíamos fazer? A ideia de ter um bebê em casa era incrivelmente desnaturada para nós.

Como a espera cura tudo, logo o Afonso e a minha mãe estavam às boas, escolhendo enxoval, nomes e maternidade.

Eu queria saber onde o bebê ia ficar.

Havia três quartos.

O meu.

O do Luís.

O da minha mãe.

A conta não fecha.

Começo a ter calafrios de premonição, de novo.

Mas se não os temos, como sabê-lo?

E eu estava certa.
Uma menina.
Minha mãe e o Afonso vão ter uma menina.
Confesso que por meio minuto fiquei feliz.
Só por meio minuto, quando então me ocorreu que quem dividiria o quarto com ela seria eu.
Pânico total.
Isso não podia estar acontecendo. Meu quartinho, meu santuário de paz no mundo.
Possuído por um bebê.
A mamãe ficou repetindo que eu nem ia perceber o bebê lá, que eles só choram no início, que eu era bem grande para ajudar a cuidar da minha irmã.
Minha irmã. Passei dias e noites repetindo isso.
A escolha do nome foi até fácil.
Luiza Helena.
A mamãe gostava de Luiza, o Afonso de Helena, aí já viu. Ficou bonito, pomposo.
Mas não muda o fato de que o ser iria tomar posse do meu universo particular.
Resolvi agir como qualquer adolescente madura: ignorei, fingi que não era comigo, que não existia bebê nenhum.
Foi meio difícil ignorar a barriga da minha mãe ficando gigantesca e esbarrando em tudo. Ou o berço provençal que foi colocado ao lado do meu armário.
E como o tempo passa rápido para tudo, menos quando estamos estudando ou na sala do dentista, a Luiza nasceu.

A mamãe ficou uns dias no hospital com o Afonso.

Minha avó veio para nossa casa, para que eu e meu irmão não a transformássemos no caos total. Foi bom ter a vovó conosco e todos os seus bolos e comidas maravilhosas.

Lembro bem quando o Afonso entrou em casa, mamãe carregando uma trouxinha cor-de-rosa nos braços. Luís não quis saber de nada, resmungou um "Legal" meio torto e voltou para o quarto. Vovó se desmanchou em "mi-mi-mis" para o bebê e até esqueceu que eu existia. Ela só fazia essa voz comigo. Comigo!

Filhos são o ó!

Mamãe tentou me mostrar o que estava dentro daquele amontoado de tecido bordado, mas eu fiz um sinal de não com a cabeça. Afonso colocou a mão em seu ombro, um conselho silencioso.

Subiram para o quarto. O meu quarto. E depositaram a encomenda.

Fiquei um tempão sem aparecer por lá.

Já não sabia mais o que fazer na sala. Havia comido tudo o que tinha na cozinha.

Não me restava muito a não ser encarar o quarto povoado por aquele ser.

Subi as escadas lentamente, magoada.

Abri a porta, que agora tinha uma placa em que se lia "Cheguei".

Aproximei-me do berço e contemplei minha opositora.

Ali estava um ser mole, cheiroso e dorminhoco.

Mãozinhas pequenas, com unhas compridas e pele vermelha.

Resmungos, perfume adocicado, gengivas aparecendo em um sorriso.

Cabeça lisa, penugem macia.
Luiza Helena.
Minha irmã.
Luiza Helena.
Pego-a no colo. Cheiro com vontade.
Beijo e um gosto mais delicioso que Bestella me invade.
Ela veio para mudar tudo.
Que coisa louca.
Que coisa linda.
Que os filhos são!

Família, família

Éramos três. Mamãe, Luís e eu.

Viramos seis. Mamãe, Afonso, Luís, eu, Cléverton e a Lulu.

Minha Lulu Helena.

Fofa e cuti-cuti da mana.

Tá, chega de babar ovo.

Claro que também tem o papai e a Rosana, a madrasta. Mas, como eles sempre viajam e só os vejo nas férias, estão mais para tios mesmo. Nem contei.

É engraçado como existem tantas famílias diferentes.

A Flávia tem três irmãos, mas os pais dela vão e vêm faz tempo. Nem dou mais bola quando ela fala que eles se separaram. Sei que na semana seguinte farão mais um filho.

Tem gente na minha sala que só tem a mãe. Outros só o pai. Alguns foram criados pelos avós, tios, irmãos. Cada um tem uma história. Fico espantada quando aparece alguém que diz ter papai e mamãe morando embaixo do mesmo teto, felizes e tranquilos.

Uma aberração.

O Fernando *nerdzão* tem. Só podia.

Legal mesmo é quando cada pai fala uma língua diferente.

A Suzuki tem mãe alemã e pai japonês. Como eles se entendem, eu não sei. A última vez que fui à casa dela tive a impressão de que eles se xingaram o tempo todo.

E me xingaram também, óbvio.

Mas essa mistura de raças é muito legal.

Adoro quando vou visitar alguém e a cultura alimentar segue a miscigenação.

Na Amanda sempre tem macarronada (a mãe dela é italiana) e crepe de chocolate (amo o fato de o pai dela ser francês). A Marta serve pão de queijo e acarajé, como boa mineira-baiana (será que ela é parente da Waldi?). O China (o apelido já diz) traz *gyoza* para todo mundo comer no intervalo.

Aqui em casa é tudo muito misturado pra caramba.

Tipo vira-lata. Que nem o Rufus.

Gostamos de tudo, comemos de tudo e temos nossa própria cultura louca.

Normalmente com alguma alteração adaptada sob medida.

A Bestella vai no pão, na bolacha recheada, no bolo, até no macarrão, se deixar! Menos no crepe. A lasanha tem tantas camadas diferentes que não imagino como seria a receita original. Colocamos *ketchup* na pizza e maionese no *yakisoba*.

Sacrilégio.

Pensando bem, gosto mais assim.

Tudo junto e misturado.

É mais divertido.

Amigos, colegas e outras pragas

Pimenta nos olhos dos outros é caipirinha

Há um tempinho minha mãe me deixa frequentar festinhas.

Não as baladas sofisticadas. Sou muito pirralha para isso.

As de fundo de quintal mesmo. Regadas a refrigerante de uva e salgadinhos de pacote. Ela diz que lembram os "saruês" da época dela (procurei no dicionário, mas não achei, então só concordei).

Arrumo-me toda, passo batom, dou um tapa na juba e arraso no saltinho.

Às vezes me sinto meio ridícula balançando ao som de uma música esquisita, olhando por cima do ombro (até porque não escuto nada do que a Flávia fala com aquele barulho todo). Mas me vejo muito adulta, arrumada, ainda mais alta, com um copo de refrigerante na mão.

Esquece o refrigerante.

A última festa que rolou foi na casa da Marta. Ela tem um porão bem legal, que lembra aqueles de filmes americanos, todo mofado e espaçoso. Montamos um clima bacana com balões e papel picado. Cada um deveria trazer algo e a mãe da Flávia fez os seus famosos cachorros-quentes picantes.

Famosos porque ninguém aguenta a segunda mordida.

Tudo ia bem, a galera balançando com cara de paisagem, pessoal conversando, ninguém escutando nada, até o Thomas entrar carregando uma sacola. Estranhei o fato de ele não a ter deixado na mesa das comidas, mas o Thomas é meio fora do normal.

Então, tudo bem.

Ele desenrola o papel sorrateiramente, confere se a mãe da Marta não está por perto.

E tira da sacola uma garrafa PET cheia de água com limão.

Limonada? Refrigerante de cereja é mais adulto.

O burburinho se forma em volta dele e percebo que não é a limonada que está causando aquele efeito cascata. Quando Thomas ergue a garrafa para mim e consigo sentir o cheiro, gelo.

Não, não tinha gelo, é gelo tipo fico paralisada.

– Quer? – ele pergunta.

É álcool.

Dá para sentir de longe.

Mais que isso, é caipirinha. Açúcar, limão e vodca, daquelas bem chulas.

Minha mãe adora. Eu nem tanto. Se ela me pega, estou morta.

Penso em uma desculpa plausível para não ter que virar a garrafa no bico.

– Estou tomando antibiótico.

Gargalhada geral.

Foi o melhor em que pensei. Vou escutar isso pelo resto da minha vida escolar.

A garrafa passa de mão em mão e eu fico cada vez mais preocupada.

Até a Flávia tomou.

Olho com apreensão quando as pessoas se tornam soltas, esquisitas.

Ainda mais esquisitas.

Elas se abraçam, falam enrolado, dançam em um compasso que não é o da música. Riem que nem cavalo.

Menos o Fernando e eu.

Putz, eu e o *nerd*! Eu devo ser uma *nerd* também.

Ele me olha com apreensão. Provavelmente pensamos a mesma coisa.

Que isso não vai acabar bem.

Inexplicavelmente todo mundo ataca o cachorro-quente da mãe da Flávia, como se fosse a melhor iguaria do mundo. Comem tanto que se percebe o fundo da panela. Engolem aos bocados, babando molho.

Até a pimenta fazer efeito.

Aí é um tal de gente correndo e chorando, de um lado para o outro. Tomam o que encontram pela frente, inclusive aquele capilé passado que a mãe da Ana mandou.

E vomitam.

Como vomitam!

Qualquer semelhança com *O exorcista* é mera coincidência.

No final só vejo a mãe da Marta, andando desesperada e ligando para os pais buscarem a galera desmaiada no chão.

Sobramos eu e o Fernando, respingados de vômito, mas vivos e conscientes.

Ele me olha por cima dos óculos de aro preto.

Grandes e fofos olhos verdes. Só agora percebo como ele é alto.

Ajeita o cabelo castanho espetado. Sorri.

Minhas pernas parecem gelatina.

Eu devo ser uma *nerd*, mesmo.

Essa história de paixão

Quem inventou essa história de paixão devia ter um parafuso a menos.

Como pode ser bom suar frio, ter embrulho no estômago, gagueira temporária e vermelhidão instantânea? Quando nos apaixonamos, parecemos cachorro sem dono, gato sem leite, peixe sem água. Tudo fica embaçado e brilhante ao mesmo tempo.

Minha primeira paixão foi aos dez anos.

Ele era meu vizinho na época e foi quem me apresentou a Bestella.

Lembro bem dos risos lambuzados e das longas conversas sentados no beiral da porta de casa. Brincávamos de Mau-mau, de terminar histórias, de adivinhar nuvens. Ele era mais baixo do que eu (claro!).

Um amor.

Mas, assim como a Bestella um dia acaba, nossa história chegou ao fim.

Ele se mudou e levou a Bestella junto. Logo descobri onde comprar.

Depois disso não me interessei por mais ninguém. Até agora.

Não contei nem para a Flávia. A vergonha não deixa. Ela com certeza ficaria chocada se soubesse que estou apaixonada pelo Fernando.

É, o *nerd*. Não ria!

Desde aquele dia na casa da Marta tenho visto Fernando com outros olhos. Nunca havia percebido como ele é bonitinho. Nem que é tranquilo, reservado e pede "com licença".

Mas e daí? Posso conviver muito bem com essa paixão platônica. Ninguém precisa saber que estou apaixonada pelo certinho da sala.

Isso se eu não desse tanta bandeira.

– Alô? Amiga?

– Ahn?

Acordo, desperta de um transe profundo.

Flávia me estuda com interesse.

– Fiorella, por que você estava olhando tão fixamente para o Fernando?

Pensa, Fiorella, pensa.

Falo a primeira coisa que me vem à cabeça.

– Ele parece um ator conhecido.

Silêncio incômodo.

– Ator? O Fernando? Tá doida?

Pensa, Fiorella, pensa.

– Aquele, daquela série, daquele canal, que passa naquele horário. Lembra?

– Ah, aquele. É, até que parece.

Não pensei que a Flávia fosse tão influenciável. Ponto para mim.

Fernando vira, como se percebesse ser o motivo da conversa. Ele me olha por um longo momento, esboça um sorriso tímido.

Mor-ri!

Flávia franze o cenho em uma atitude indignada.

– Ai, credo, por que o Fernando olha tanto pra cá? Vou lá perguntar se ele perdeu alguma coisa.

– Não!

Berro e todo mundo escuta. Flávia me olha com olhos esbugalhados.

– Querida, você não tá bem.

Não estou mesmo.

Minhas preces são atendidas e a professora resolve capturar a atenção dos alunos passando um trabalho em duplas. Aqueles em que normalmente um faz e o outro dá apoio emocional.

Quando ela começa a falar o nome dos alunos que farão dupla, vejo que não ficarei com a Flávia. Provavelmente vai sobrar a patricinha do fundão. Vou trabalhar que nem uma mula.

Minha mente assimila de forma vagarosa quando escuto meu nome e o do Fernando pronunciados juntos. Só absorvo verdadeiramente a informação quando Flávia me cutuca e diz:

– Sortuda, vai com o cabeção!

Nesses casos, estar perto do Fernando é uma coisa boa para a galera.

Para mim é motivo de pavor. Sinto-me uma prisioneira indo para o julgamento.

A professora sentencia minha pena:

– Muito bem, façam o trabalho em casa e me tragam na próxima semana.

Em casa.

Na próxima semana.

Em casa.

Nós dois.

Em casa.

Fiorella, desengata!

– Pelo visto agora estamos juntos.

Escuto uma voz conhecida. Fernando está ao meu lado, falando comigo.

Flávia ri do comentário e mostra a língua para o Fernando.

– Até parece – ela diz.

Quando consigo responder, estou perdida naqueles olhos verdes.

– Na minha casa ou na sua?

Encontro que não é encontro

Não consigo parar de pensar que logo terei o Fernando em minha casa.

Embaixo do meu teto.

Povoando o ar à minha volta.

Ele vai ver minhas fotos de criança espalhadas pela casa, brincar com o Rufus (lembrete para mim mesma: prender o Rufus na lavanderia) e conhecer o meu quarto (lembrete para mim mesma: pôr a roupa suja para lavar).

Com sorte ele ficará tempo suficiente para fazermos um lanche, onde o surpreenderei com minha incrível capacidade de passar Bestella no pão.

Procuro ler e reler todo o conteúdo do trabalho. Quero impressionar. Não posso correr o risco de o Fernando sair daqui achando que eu tenho um terço dos neurônios dele.

O que é bem possível.

Marcamos de fazer o trabalho hoje à tarde. Mal consegui almoçar.

Bem que minha mãe estranhou: nem toquei no nhoque. E eu adoro nhoque.

Dei uma desculpa qualquer envolvendo hormônios e ela não tocou mais no assunto.

Lembrete para mim mesma: usar essa desculpa mais vezes.

Combinamos às duas horas. Falta ainda uma hora e eu estou na terceira muda de roupa. Não quero parecer arrumada demais, nem largada demais. Seria bom manter uma imagem de beleza natural, mesmo estando maquiada e usando salto.

A primeira combinação de moletom surrado e *legging* desbotada não foi aprovada. Amarrei meu cabelo em um coque alto e meio desmantelado.

Parecia de ressaca. Nada feito.

Troquei por um vestido lindo que usei no casamento da minha tia. Fosforescente, com paetês incríveis. Fiquei parecendo a própria rainha da festa da laranja.

Melhor não.

No fim acabei escolhendo uma calça jeans, camiseta "Estive na Disney", cabelo solto e só! Eu deveria usar óculos.

A campainha toca e meu coração para.

Desço aos trancos, ansiosa, ajeito o penteado umas quinhentas vezes antes de abrir a porta. Imagino nossos olhos se cruzando, ele percebendo como sou maravilhosa.

– Moça, quer comprar enciclopédia?

Não, obrigada.

Surpreendi-me com a educação que consegui arrancar do meu âmago, após tamanha frustração. Subo as escadas devagar, torcendo para a campainha tocar de novo.

O que não demora muito. Dessa vez ensaio um estilo *blasé* ao abrir a porta.

– Oi, esqueci minha chave em casa. Que cara de dor de barriga é essa?

Meu irmão. Esforço-me para não xingá-lo.

Pela primeira vez na vida ele não tem culpa do meu sofrimento.

Começo a andar em círculos pela sala, atropelando a mesinha de centro. Duas vezes.

Imagino que o Fernando não vem mais, que desistiu, que resolveu fazer o trabalho sozinho, que eu sou muito inútil e desqualificada para estar na presença dele. A verborreia mental é tanta que não percebo quando a campainha toca pela terceira vez.

Meu irmão abre a porta e só desperto quando escuto a voz do Fernando.

– Oi, Luís! Tudo bem?

Recapitulando: o Fernando conhece meu irmão? O Luís é tipo uns três anos mais velho que ele!

– Oi, Fernando! Veio pegar o material para o grupo de Matemática de amanhã?

Grupo de Matemática. Meu irmão e o Fernando são amigos do grupo de Matemática.

E provavelmente do grupo de xadrez, Geometria e quadrinhos também.

Fernando olha para dentro de casa, me procurando.

– Vim fazer um trabalho de escola com a Fiorella.

Meu irmão cai na risada:

– Boa sorte! Vai precisar.

Lembrete para mim mesma: esganar o meu irmão.

Apareço sorridente, tentando ao máximo apagar a imagem de burra deixada pelo Luís.

Fernando sorri de volta, coçando a cabeça de um jeito acanhado e fofo.

Mor-ri!

Devo ter ficado com cara de tonta um tempo, pois o Fernando precisou sacudir meu ombro um pouco. Ele tocou em mim, ele tocou em mim. Acho que a percepção foi a mesma, dado o tom de pimentão adquirido pelo Fernando.

Consegui gaguejar poucas palavras que, felizmente, foram entendidas como "Vamos estudar no meu quarto". Apontei para o topo da escada e Fernando me seguiu.

Suspirei aliviada quando abri a porta do quarto e deparei com um ambiente perfeitamente arrumado e limpo. Minha mãe fez o favor de despachar temporariamente a Luiza Helena para a casa da vovó.

— Você é organizada, eu não imaginava. Quer dizer, imaginava, mas você parecia um pouco menos. Desculpa, não quis dizer que você parecia desorganizada, só que não parecia maníaca por ordem. Eu te chamei de maníaca?

Que bom, ele está tão nervoso quanto eu. Isso me deixa em uma posição melhor.

Rio um riso solto, jogo o cabelo (isso não falha) e vejo o Fernando se concentrar mais em mim do que em meu quarto. Ótimo.

Aponto para a escrivaninha, com duas cadeiras estrategicamente posicionadas. Sento em uma, ofereço a outra para ele. Fernando aceita, espalha os livros na mesa. Ligo o computador e esqueço que no fundo de tela há uma foto minha comendo manteiga de amendoim com o Rufus.

Na mesma colher. Vergonheira total.

Ele, por ser um cavalheiro, não fez menção à foto.

Mas também não escondeu a cara de nojo.

Aos poucos nos focamos no trabalho, deixando de lado os olhares tímidos. Em termos, porque quando Fernando tira os óculos, ao explicar a matéria, só consigo me concentrar naquele verde sem fim. Se ele me pedir para repetir o que falou, estou frita.

Quando minha mãe entra no quarto com dois copos de refrigerante, bolachas e pão com chocolate, o trabalho está quase pronto.

— Oi, Fernando, há quanto tempo que eu não via você. Nunca mais veio trocar livros com o Luís.

Caramba, só eu não sabia que o Fernando era amigo do meu irmão?

Convido Fernando para fazer uma pausa, degustar a preciosa Bestella. Ele aceita e fica de frente para mim. Nesse momento eu já estou levemente suja de chocolate.

Fernando ergue a mão, quer limpar uma sujeirinha no canto da minha boca.

Aproxima-se, delicado, cada vez mais perto. Está a poucos centímetros de mim.

Posso sentir a pele de sua mão encostando nos meus lábios.

Escuto música melosa imaginária francesa, cuja letra não entendo.

O ar à nossa volta parece suspenso.

Então o Rufus entra no quarto, pulando como um cavalo bêbado.

Ele lambe Fernando e eu, unindo-nos com baba, levando consigo a sujeirinha que eu tinha na cara e todo o romantismo da cena. Quem soltou a fera?

– Filha, o Rufus fez a maior bagunça na lavanderia. Tirou a roupa do varal e mastigou!

Minha mãe parece furiosa, dando a deixa para o Fernando sorrateiramente se despedir e sair de fininho. Ele me olha de canto, com um sorriso. Em meio ao caos, só consigo ver aqueles olhos verdes se afastando.

Lembrete para mim mesma: levar Bestella para a escola.

A menina dos olhos verdes

Toda vez que minha mãe falava que a inveja era a menina dos olhos verdes eu ficava sem entender nada.

Até hoje. Quando a Sueli entrou na sala, vi que ela era problema.

Loira, absoluta, cabelos longos e perfeitamente perfeitos. Peitos com o dobro do tamanho necessário ou possível para a idade. Um jeito de gato siamês de dar raiva. E aqueles olhos. Grandes olhos verdes. Iguais aos do Fernando.

Perigosamente iguais aos do Fernando.

Pode parecer loucura, mas toda e qualquer atitude da Sueli me fazia crer que havia um interesse dela pelo Fernando. O fato de ela se sentar a metros dele, estar na primeira semana de aula e nunca ter sequer dirigido a palavra ao Fernando não contava para mim.

Ela queria o meu homem, eu podia sentir. Decidi traçar uma estratégia de guerra.

A Flávia estranhou quando eu adquiri um andar meio robótico, me mexendo conforme a Sueli mudava de posição. Tracei uma linha imaginária entre ela, o Fernando e eu, de forma que ele sempre me visse quando tentasse olhar para ela.

E nossos olhos se cruzaram muitas vezes. Arrá! Eu sabia!

Uma menina precavida vale por duas bonitonas.

A neura foi tanta que a Flávia me colocou contra a parede. Fez mil perguntas. Queria saber o que estava acontecendo. Eu, como toda apaixonada forte e decidida, fiz a coisa certa.

Menti.

Disse que conhecia a Sueli e que ela era uma besta.

Foi o suficiente para a Flávia decidir que não gostava dela. O fato de a Sueli ser megaultralinda nada teve a ver com isso. Nós a excluímos do grupo social. Como o círculo de amizades da Flávia é bem grande, muitas pessoas ignoraram a Sueli sob o pretexto de a menina ser uma besta.

Menos o Fernando. O tiro saiu pela culatra. Eu teria que mudar a estratégia.

Convenci a Flávia de que a Sueli não era besta coisa nenhuma e que poderia ser uma grande aquisição à pirâmide *socialite* de ajuda mútua. Tudo resolvido. Sueli tornou-se popular. E todo mundo que vira popular automaticamente vira a cara para o Fernando.

Menos ela. O que é isso? Candidata a *miss*?

Tudo culminou para que ela e o Fernando fossem vistos com frequência conversando nos intervalos das aulas. Os boatos começaram e eu tive que ouvi-los sem deixar transparecer o que acontecia dentro do meu peito.

Havia perdido a luta. Eu poderia colocar lentes de contato, enchimentos no sutiã, sei lá. De nada adiantaria. Eu continuaria a ser a Fiorella embaixo disso tudo.

Sentei sozinha em um banco no intervalo e esperei o momento em que a Sueli e o Fernando assumiriam seu relacionamento perante todos. Eu os imaginava casados, com filhos loiros de olhos verdes. Eu me sentia miserável, ali, no cimento frio, apoiando o corpo com as mãos.

A tristeza estampava cada linha do meu rosto.

Quando então o Fernando sentou ao meu lado.

Delicadamente ele colocou sua mão quente em cima da minha, tão gelada.

Não dissemos uma palavra. Nem precisava.

Aqueles olhos verdes tinham dona.

Que responde pelo nome de Fiorella.

Amigos, colegas e outras pragas

O Fernando deixou claro que gosta de mim e eu não consigo conter minha alegria.

Só falta eu escancarar que gosto dele também.

Ele sabe. Está na cara.

Só acho que seria legal da minha parte contar para minha melhor amiga que estou caída pelo *nerd* da sala. Mostrar a todos o cara bacana que o Fernando é.

Nunca pensei que isso seria tão difícil.

Ensaiei muitas e muitas vezes a cena em que eu chego ao colégio, encaro a Flávia e comento normalmente o fato de que eu e o Fernando fomos feitos um para o outro.

Na minha cabeça, ela aceita muito bem e me pede para contar os detalhes.

No mundo real ela provavelmente iria rir e dizer que a piada é muito boa.

Coragem, Fiorella, coragem.

Você já fez coisa muito pior.

Como no dia em que você descuidou da bolsa nova que a Flávia te emprestou, permitindo que o Rufus passeasse com ela pelo bairro. Ou quando prometeu que ia ajudá-la a organizar a festa da Marta e chegou só na hora dos parabéns. E teve aquela... Nossa, como eu dei furo com a Flávia!

Mas dessa vez é diferente.

A Flávia não simpatiza com *nerds*. Ela vai me azucrinar até eu terminar com o Fernando.

E vai me apresentar um cara sarado e burro. É o fim.

Vejo a Flávia se aproximar, logo depois de ter saído toda desgrenhada da fila da cantina, carregando uma coxinha deformada nas mãos.

– Consegui, consegui!

Sorrio. Um sorriso meio minguado e a Flávia saca na hora.

– O que foi? Não tinha esfirra!

Rio. Um riso nervoso.

Repito internamente que tudo vai acabar bem. Que eu vou falar para a Flávia que...

– Preciso te contar uma coisa.

Como? Eu ia dizer isso! O que a Flávia tem para me contar?

– Você vai me matar e rir da minha cara. Primeiro vai rir da minha cara e depois vai me matar.

Eu, matar a Flávia?

– Desembucha!

A essa altura eu havia esquecido todo o meu treino mental.

Ela respira e solta a frase de uma só vez, as palavras coladas.

– Tenhoumaquedapeloseuirmão.

A Flávia gosta de um *nerd*. A Flávia gosta de um *nerd*!

Eu rio. Um riso feliz e aliviado. Não quero matar a Flávia.

– Acho que temos o mesmo gosto – digo, e ela não entende nada.

Aponto para o Fernando, sentado no banco, lendo um livro de quinhentas páginas.

– TenhoumaquedapeloFernando.

Flávia ri. Um riso solto. E quer me matar.

– Aquele *nerd*? Tá louca?

Passamos a tarde discutindo sobre as nerdices do Fernando e do Luís.

A Flávia insistindo que o Luís é bem menos *nerd* que o Fernando.

Eu mostrando evidências da nerdice extrema do Luís.

Amigas até na nerdice dos namorados. Amigas para sempre.

Peraí, a Flávia com o meu irmão? Eca!

Quando eu crescer

Ser ou não ser

Hoje foi dia de orientação vocacional na escola.

A psicóloga entrou na sala com um ar de doidivanas. Provavelmente o paciente entra no consultório e sai correndo. É o que acontece quando a diretora manda um aluno falar com ela.

Ele tem medo de não voltar.

Existem lendas sobre estudantes amarrados em camisas de força e confinados em uma das salas do depósito, entre carteiras e quadros-negros depredados.

Mas hoje ela trouxe apenas uns testes, que distribuiu para nós.

Deveríamos responder de forma sincera (eu sou a sinceridade em pessoa) e devolver para que ela nos analisasse. Isso daria uma ideia do que queremos ser quando crescermos.

Eu espero não crescer mais.

Respondi àquela folha amarelada e repleta de perguntas com esmero; finalmente terei a resposta de minhas angústias, a solução para a minha existência. Imaginei-me uma médica ocupada, importante, com pacientes moribundos e sedentos pelos meus conhecimentos.

Eu também cogitei ser uma cineasta descolada: escolheria os melhores atores para os papéis, gritaria "Corta". Muito bom. Pensei também em me tornar uma advogada famosa – eu defenderia meu cliente assassino no tribunal e mostraria a todos o doce de pessoa que ele era.

Poderia ser uma arquiteta modernosa, daquelas que criam edifícios e monumentos fenomenais, e colocaria meu nome em todos eles. A ideia de ser pianista concertista me ocorreu, mas, como não sei tocar nem "Brilha, brilha, estrelinha", desisti.

Quando todos entregaram as folhas, me deu um frio na barriga.

E se eu não servir para nada? Será que tem essa opção?

E se esse teste for a comprovação de que sou um nabo ambulante, insípida e sem função aparente?

Olho para a Flávia, mas ela parece mais preocupada em lascar o esmalte da unha.

Encaro o Fernando em busca de apoio, porém ele voltou a ler um de seus livros pesados e sem figuras.

Começo a rabiscar o caderno à procura de consolo. Surgem Zés Palito que pulam de penhascos e se afogam em poças de lama. Alguns são soterrados por bois enfurecidos, outros devorados por jacarés gordos. Nossa, eu arraso na esferográfica!

A psicóloga explica que chamará um por um para conversar e que depois poderemos falar sobre nossas carreiras.

Flávia é a primeira a ser convocada.

Parece hesitante em entrar na sala do abate, mas não tem opção.

Depois de um tempo ela volta toda feliz, balançando seu resultado. Não havia dúvidas de que a Flávia seria atriz. Ninguém representa um ataque de cólica tão bem quanto ela. Ou mesmo sua interpretação de "como perdi minha tarefa no caminho da escola".

Essa vai ganhar o Oscar.

Médico, *designer*, historiador... Peraí, historiador?

Depois de vários alunos, o Fernando é chamado.

Ele me olha e acho isso muito fofo. Temos uma conexão. Se ele tocasse violão, eu poderia ser cantora e nos tornaríamos *hippies*.

Cale a boca, Fiorella.

Intermináveis vinte minutos depois, Fernando senta na carteira com um semblante aliviado. Engenheiro. Tudo a ver.

Arquiteto, dentista, professor. Este último voltou chorando.

E chegou a minha vez. Tremo ao ouvir meu nome.

Pé ante pé, tomo coragem de chegar até meu destino. A porta está aberta e lá dentro a psicóloga me espera. Aponta-me uma cadeira. É estrábica e tenho dificuldade de discernir em qual direção ela está olhando.

Sento e espero meu veredicto.

Saio arrasada.

Escritora.

Leio e releio a palavra rabiscada com caneta vermelha na ponta da folha.

A Flávia tenta me animar, fala que vou ser famosa. Eu só consigo pensar em um velhinho gordo que não fala coisa com coisa. Isso deve ser um escritor. Não eu!

Se não consigo nem ler a lista de livros do colégio, nem gravar os nomes dos criadores das obras, como vou ser um deles?

Chego em casa cabisbaixa. Arrastando meu ser sem vida.

Essa é a deixa para minha mãe me perseguir pelos cômodos até eu desembuchar o que me aflige. Explico o ocorrido. Entrego a folha do meu teste com as mãos trêmulas. O choro quer aparecer.

Minha mãe olha com interesse para o resultado. E começa a rir.

O quê? Mãe desnaturada. Vou reportar isso ao sindicato dos filhos chacoteados!

Ela para de rir e me olha com carinho. Diz que sabia. Como assim?

– Filha, você é a imaginação em pessoa. Cria mil histórias o tempo todo. É muito boa em português. Se ler mais um pouquinho, ninguém te segura.

Subo as escadas flutuando. Sou escritora. A escritora. Fiorella Lispector. Até que soa bem.

Batatinha quando nasce...

É isso aí, está decidido: vou ser escritora.

Daquelas bem chiquetosas e podres de rica.

Meu irmão veio com um papo de que escritor não casa, morre cedo e fica pobre. Que vender livro é difícil, que o mercado não ajuda. Só para estragar o *glamour*.

Nem dei bola. O teste dele deu arqueólogo, rá! Bem que eu sabia que ele era uma múmia. E agora quer jogar areia na minha carreira brilhante.

Coloquei na cabeça que precisava comprar uma máquina de escrever.

Como o médico deixou claro que eu não preciso usar óculos (e olha que eu me esforcei para trocar a ordem daquelas letrinhas), só me restou a máquina de escrever.

Não adiantou mamãe tentar me convencer do contrário, alegando que não saberia nem onde encontrar uma nos dias de hoje... Eu tinha certeza de que uma máquina de escrever completaria meu talento inato para criar grandes histórias.

Isso, e uma xícara de café.

Fucei, fucei e, por fim, encontrei um exemplar belíssimo no ferro-velho do pai do Alfredo. Estava muito bem conservada e com pouca ferrugem. Custou-me apenas uma semana de mesada. Uma pechincha!

O pai do Alfredo até disse que ia deixá-la pronta para eu usar.

Levei-a para casa toda sorridente.

Reservei um lugar de destaque ao lado do computador. Limpei-a, até passei um cheirinho. Sentei diante dela, ansiosa. Posicionei minhas mãos nas teclas.

O que eu faço agora? Onde liga? Procurei o botão de *power* por tudo quanto era lado. Nada.

Pesquisei na internet "Como usar uma máquina de escrever" e não apareceram muitos *links*. Nenhum videozinho.

Tinha apenas um texto escrito por uma senhora com cara de bibliotecária. Ali ela falava sobre colocar a folha no rolo, bater as teclas, voltar ao início, continuar a bater.

Sem imagens explicativas. Me deu um pavor. Nada de imprimir ou deletar? Caramba!

Ela até mencionou o uso de corretor ou o que quer que seja isso. Nasci na época errada. Mas vamos lá.

Com muita dificuldade consegui passar a folha pelo rolo.

Tentei apertar a letra "A". Nada.

Tentei de novo. Nada.

Desferi toda a força de um golpe de caratê na letra "A".

E ela apareceu na folha.

Então é assim! Pergunto-me por que algumas mulheres fazem boxe. Elas deveriam usar uma máquina de escrever. Detonariam toda a raiva aprisionada.

Continuei minha missão. Após duas horas e várias unhas quebradas, eu estava exausta, abatida, mas feliz. Consegui escrever uma linha inteira.

Com sorte devo escrever um parágrafo até me casar.

Bebo um gole de café gelado.

Investindo na carreira

Passei a amar as aulas de literatura.

Não que eu não gostasse antes. Mas agora tenho um propósito maior: vou ser uma sumidade literária.

Pesquiso tudo o que posso sobre escritores, onde vivem, o que comem, como se reproduzem. Retirei vários livros da biblioteca, estão todos empilhados ao lado da minha cama. Há uma semana. O Rufus até os usou para apoiar a cabeça.

Juro que me esforço para lê-los, mas, quando abro na primeira página, sou tomada por um sono profundo. Quando acordo, está na hora da janta. Como o meu irmão e o Fernando conseguem ler tanto?

Espio o Fernando nos intervalos das aulas, sempre com um livro novo nas mãos. Enquanto eu ocupo meu tempo com conversas produtivas sobre novos cortes de cabelo, roupas e novelas, o Fernando se fecha naquelas páginas impressas.

O mesmo posso dizer do Luís. Ele até desenvolveu uma técnica para andar e ler ao mesmo tempo. Tá, eu fiz isso com o celular, mas é diferente. Eu precisava ver um vídeo e ir até a vendinha da esquina. A necessidade faz a ação.

Cheguei a desabafar um pouco com a Flávia sobre minha inabilidade na leitura. Surpreendi-me quando ela não só ouviu, como também deu um conselho altamente produtivo.

– Compra um *audiobook*, flor!

Um *audiobook*, como não pensei nisso antes?

Entro na primeira livraria que encontro. Por sorte é uma loja imensa, cheia de coisinhas interessantes, como miniaturas de personagens de filmes e desenhos animados.

Concentra, Fiorella.

Forço a memória tentando lembrar a capa daquele livro enorme que o Fernando está lendo. Viro e dou de cara com a estante de *audiobooks*. Vários CDs organizados por setor, autor e língua. Na frente, as capas sinalizam os livros.

Logo reconheci a do livro que o Fernando estava lendo. É esse mesmo.

Seguro o CD entre os dedos. Nem me sinto triste quando deixo minha mesada no caixa.

É por uma boa causa.

Chego em casa esbaforida, suando. Louca para testar meu novo artifício.

Deito na cama e ajeito meus fones *pink*, normalmente utilizados quando ouço músicas ou estudo inglês. Aperto o *play* e logo uma voz de locutor de rádio invade meus ouvidos.

É uma voz cavernosa, rouca. Oscila como poesia.

As palavras entram em minha mente, criando sentenças. É lindo.

– Fiorella, Fiorella?

– Esquece, mãe, ela não vai responder – Luís interrompe sua tarefa e olha, divertido.

– O que aconteceu?

Ele ri consigo.

– A Fiorella está no maior ronco, faz um tempão, ouvindo os fones dela.

Acordo no outro dia com as orelhas pegando fogo, babada e amassada. Eu deveria denunciar o fabricante dessas coisas à Sociedade de Hipnologia.

Liberdade de expressão

Este ano vamos ter aulas de redação livre.

Sinto que isso não é mera coincidência. É meu destino me chamando.

Liberdade de expressão é algo mágico e utilíssimo quando se quer ser uma escritora de sucesso. Pelo menos eu acho.

Afinal, todas aquelas frases complexas e bonitas que os escritores proferem nos livros não surgem do nada. Devem vir de uma forma única e preciosa de expor o que criam naquelas cabeças inteligentes.

Se quero ser escritora, preciso seguir essa filosofia.

Seja sincera, escreva e fale o que sente!

A sinceridade é a mãe do livro. Eu que disse isso.

Comecei testando essa história de sinceridade criativa com minha mãe, mas ela não gostou nada quando me perguntou se tinha engordado e eu disse que as coxas dela pareciam amigas inseparáveis.

Continuei com meu irmão, quando ele deu a entender que queria que eu o aproximasse da Flávia. Teci uma dissertação sobre como ele teria que rebolar muito para ficar com a minha amiga; ela até poderia ter uma quedinha por ele, mas a chance de o Luís estragar tudo com seu jeito de *nerd* era grande. Cara, ele ficou chateado.

Não posso fazer nada, estou treinando para ser uma escritora feliz. No final da semana eu tinha muitos inimigos, mas estava pronta para minha aula de escrita literária.

O tema da redação era "Meu colégio". Pobrinho, é verdade, porém repleto de personagens incríveis. E eu estava inspirada. Escrevi linhas e linhas sobre nossa flora e fauna escolar.

Falei da professora de Ciências, que parece pertencer ao ecossistema dos protozoários. Da monitora de Geografia, que errou a localização do Paraguai. Da diretora do ensino médio, pessoa fantástica que consegue juntar todas as estampas do guarda-roupa em um só visual.

Citei exemplos de manutenção da espécie (o casamento do professor de Filosofia com a professora de Artes). Os filhos deles vão nascer flutuando.

Era nota dez, na certa. Minha redação estava demais. Eu não me admiraria se alguma editora resolvesse publicá-la.

Talvez por isso eu não tenha entendido quando fui chamada na sala da direção, onde praticamente uma comitiva de professores me aguardava. Ouvi barbaridades sobre ser insensível, sobre não ter sentimentos.

Disse que apenas estava desenvolvendo minha capacidade de ser criativa e escutei que sinceridade só traz confusão. Pediram-me para mentir, como faz todo adolescente normal na minha idade.

Afirmaram que só assim eu entraria madura o suficiente no mundo dos adultos. Não entendi nada. Tudo o que eu queria era ser uma boa escritora. Escrever o que vai em meu coração. Relatar os fatos.

Vou lutar pelo meu direito de ser sincera! Mostrar a todos que a verdade é primordial para a evolução do ser humano. Estenderei uma bandeira com o escrito: "Fale o que pensa ou não pense".

Fernando senta ao meu lado, todo empolgado.

– Fiorella, comprei uma coisa para você.

Mor-ri!

Ele abre o pacote e de dentro tira os brincos mais feios que já vi na vida. Eles são grandes, coloridos e com penas de ganso (ou galinha) nas pontas. Bem bregas.

Esboço o sorriso mais sincero que tenho e disparo:

– Amei! É a minha cara!

Uso o artefato pelos próximos seis meses, todos os dias, para ir à escola.

A maturidade tem seu preço.

Quando eu crescer

A professora de Português mandou me chamar. Fiquei bem apreensiva após o último sermão sobre ser madura, mentir, coisa e tal. O que eu fiz de errado dessa vez?

Cheguei à sala dos professores e dei de cara com a minha mãe.

Eu devo ter feito algo de muito errado!

– Oi, mami – acenei timidamente.

Ela respondeu sorrindo. Não combina.

Eu fiz algo de errado e ela sorri? Não, não combina.

– Fiorella, você deve estar curiosa para saber por que eu chamei você e sua mãe aqui.

Na verdade estou é suando frio.

A professora abre a pasta e tira de dentro uma folha. Reconheço a minha letra.

– Você poderia ler essa redação para nós?

Pego o papel entre os dedos. É a redação que entreguei ontem.

Depois do fiasco da penúltima. Devo ter feito besteira. De novo.

Engasgo um pouco. Começo a leitura de forma tímida, a voz baixa.

"Quando eu crescer, não quero ser popular, rica ou bem-sucedida.

Tá, isso ajudaria. Mas, quando eu crescer, quero ser muito mais.

Não quero ter carros importados, casas na praia, grana no banco ou marido milionário.

Quero muito mais. Não quero ser trilíngue, Ph.D, doutora em algo. Quero muito mais.

Não me bastam amigos aos montes, aparecer na TV, ser estrela de novela.

Quero muito, muito mais.

Quando eu crescer, quero uma família.

Uma família unida e linda, como a minha.

Quero chegar em casa e ver que alguém me espera.

Ser como a minha mãe. Boa cozinheira, boa fazedora de cafuné, boa profissional, boa mãe e pai.

Quero alguém que me entenda, como o Afonso entende a mamãe.

Ter filhos bons tipo eu mesma, meu irmão e o Cléverton.

Quero ter uma bebê fofa e bem-humorada que nem a Lulu.

E quero um novo Rufus.

Quando eu crescer, quero me sentir amada, como me sinto hoje."

Termino com a voz morrendo, olho por cima do papel.

Minha mãe está mais desmanchada que manteiga no fogão.

Até a professora chorou. Não fiz besteira?

O abraço apertado da mamãe diz que não.

Sobre a autora

Vanessa Martinelli é neuropsicóloga, mestre em Psicologia, escritora por acaso e leitora desde sempre. Seu amor pela literatura infantojuvenil muitas vezes a faz acordar mais cedo e dormir mais tarde, conversando com palavras e dando muitas risadas.

Sobre a ilustradora

Carla Irusta é jornalista e ilustradora, brasileira e argentina. Divide seu tempo entre Curitiba e Barcelona, cidade que escolheu para viver depois de rodar muito por aí. Na Espanha, estudou ilustração na Universidade Autonoma de Barcelona, trocando experiências com grandes ilustradores de várias partes do mundo. Foi lá que se apaixonou por cores, papéis e pincéis.
Hoje tem vários livros publicados no Brasil, na Europa e até mesmo nos Emirados Árabes. Sua mesa de trabalho é seu lugar preferido no mundo.